গোল্ডেন বয়

রামকৃষ্ণ দেবনাথ

ISBN 979-888530928-8

আমি আমার লেখা এই "গোল্ডেন বয়" বইটি আমার একান্ত প্রিয়তমা স্ত্রী "কল্যানী দেবনাথ"কে উৎসর্গ করলাম।

রামকৃষ্ণ দেবনাথ -

বিষয়বস্তু

1

গোল্ডেন বয়

Fade in –

চতুর্দিকে নিচ্ছিদ্র অন্ধকারের ভিতর থেকে একটা মৃদু গর্জন ধ্বনি ও একটা রক্তিম গন্‌গনে অগ্নি ক্রমে-ক্রমে বিকট গর্জনের সাথে সাথে, রক্তিম বিন্দুটিও বড়ো হতে হতে একটা আগুনের ঝড় তুলে ছুটে আসছে আমাদের দিকে এবং আমাদের নিঃশ্বাসের সামনে এসেই সেই গর্জন ও অগ্নিঝড় হঠাৎ মিলিয়ে গেল। প্রতিভাত হলো এক গোলাকার পৃথিবীর। তাঁর ভৌগলিক মানচিত্রে ছোট্ট একটা জায়গা জুড়ে আমাদের এই ভারতবর্ষ। আর এই ভারতবর্ষের উত্তরে হিমালয়ের কোলে অবস্থিত আমাদের কাশ্মীর – পৃথিবীর ভূ-স্বর্গ। আর এই ভূ-স্বর্গের রাজধানী "শ্রীনগর"। পাহাড়ের ধাপে ধাপে সাজান কত ঘরবাড়ি, হ্রদ, বৃক্ষ, নদী-নালা ও রঙ বে-রঙের নানা ফুলের অজস্র বাগানের টানে, লক্ষ লক্ষ মানুষ সারা বছর ধরে ছুটে আসে এখানে নিজেকে উজাড় করে গা ভাসিয়ে দিতে।

EXTERIOR-IN-ROAD-TOUCH PRITAM'S HOHSE – MORNING – 10 a.m

শ্রীনগর –

সকাল দশটা। দোকানে-দোকানে বিভিন্ন দেশের পর্যটকদের ভিড়। হোটেল, বার, রেষ্টুরেন্ট ও স্টুডিও-তে মানুষ গম্‌গম্‌ করছে। চার বন্ধু – সিরাজ, ইয়াসিন, রজ্জাক ও গোলাম সাইকেলে ভিড় কাটিয়ে কাটিয়ে বন্ধু প্রীতমের বাড়ির সামনে গেটে এসে দাঁড়াল। এরা পাঁচজন অন্তরঙ্গ বন্ধু। যেন একটি

বোঁটায় পাঁচটি ফুল। দিল্লীর আই.আই.টি ইঞ্জিনিয়ারিং কলেজের কম্পিউটার কোর্সের দ্বিতীয় বর্ষের ছাত্র ওরা। শনি ও রবি দুদিনের ছুটিতে ওরা বাড়ি এসেছে। আজ রবিবার ওরা একসাথে একটু ঘুরতে বেরোবে। সিরাজ সাইকেল স্ট্যান্ড করে গেট খুলে ভিতরে ঢুকলো। দুপাশের হরেক রকম ফুলের বাগান পেরিয়ে সিঁড়ি ধরে বারান্দায় উঠতে উঠতে ডাকলো –

সিরাজ

প্রীতম – প্রীতম

দরজা খুলে প্রীতম বেরিয়ে এলো। বারান্দার কোন থেকে বাইক'টি নিয়ে গেটের মুখে আসতেই – মায়ের সাথে দেখা – মাথায় তাঁর লকড়ির বোঝা।

প্রীতম (ক্রোধের সঙ্গে)

আচ্ছা মা, তোমাকে-না বারন করেছি – এভাবে তুমি আর কাঠ কুড়িঁয়ে আনতে যাবে না। ঘরে গ্যাস রয়েছে। কেন যাও?

সবিতা দেবী (লকড়ির বোঝা নামিয়ে)

গ্যাসের রান্না আমার একদম হজম হয় না।

প্রীতম

এটা তোমার মনের ভুল। কাল থেকে তুমি আর যাবে না, ব্যস। আচ্ছা- আমি কি তোমাকে ভালোবাসি না? তোমার এই বয়সে... তারপর যদি কিছু একটা

হয় ... আমার আর কে আছে বলো – তুমি ছাড়া?

মা'কে জড়িয়ে ধরে, তাঁর গালে ছোট্ট একটা চুম্বন দিল প্রীতম।

সিরাজ

হাঁ মাসিমা, ঠিকই তো বলেছে ও। শুধু শুধু ওর মনে কেন কষ্ট দিচ্ছেন। কাল থেকে তোর মা আর যাবে না – কথা দিয়েছে। নে চল এখন।

প্রীতম

আমি আসি মা। ফিরবার সময় বাজার করে নিয়ে আসবো।

ওরা বেরিয়ে পড়ল রাস্তায়। প্রীতমের বাইকটি খুব ধীরে চলছিল। বেশ চিন্তামগ্ন দেখাচ্ছিল ওকে ...।

ইয়াসিন (ভ্রু কুঁচকে উঠল)
কি ভাবছ প্রীতম দা। তোমাকে বেশ চিন্তিত দেখাচ্ছে –

প্রীতম দাঁড়িয়ে পড়ল। বন্ধুরাও সাইকেল নিয়ে ওকে ঘিরে দাঁড়াল।

প্রীতম (বিষণ্ণ মনে)
আমি জানি তোরা আমাকে খুব ভালোবাসিস। আমার জন্য জানও দিতে চাস। সব ঠিক আছে – কিন্তু ...

চার বন্ধু (অবাক হয়ে)
কিন্তু কি ...?
প্রীতম
সারা কাশ্মীরবাসী, সারা ভারতবাসী, এমনকি সারা পৃথিবীর লোকেদেরও কেন জানি মনে হয় – আমি ওদের, ওরা আমার। আমি সকলের প্রাণে ও সকলে আমার প্রাণে ।

সিরাজ (বিস্মিত)
তুমি মানুষকে এতো ভালোবাস! সারা পৃথিবীর ...
চার বন্ধু (চোখে-মুখে উজ্জ্বল প্রতিশ্রুতি)
আমরাও তোমার মতো হতে চাই। সকলের কথা ভাববো, সকলের দুঃখে পাশে থাকব। সকলের জন্য কিছু করব।

রজ্জাক
যা বলবো সকলের কথাই বলবো।

প্রীতমের মুখ খুশিতে উজ্জ্বল হয়ে উঠলো এবং হাত পাতলো ।

প্রীতম
তবে হাতের উপর হাত রাখো সবাই।

সবাই একে একে ওর হাতের উপর হাত রাখল এবং প্রতিজ্ঞা করল –

প্রীতম (আবার বল্‌ল)
বলো – আজ থেকে আমরা "হম এক"। পৃথিবীর সকল মানুষের হবে এই একটাই পরিচয় "হম এক – হম এক – হম এক"। আমরা সকল মানুষের জন্য – আর সকল মানুষই আমাদের বন্ধু। আর বন্ধুর জন্য সব কিছুই করা যায়। এমন-কি নিজের জীবন'টাও বাজি ধরা যায়।

পাঁচ বন্ধু (গান)
ওগো বন্ধু আমার – বলছি শোন,
ভুলবো না কোনদিনও –তোমাদের।
তোমাদের ভালোবাসায় – তোমাদের সাথী হয়ে
আমরা যে আজ কতো ধণ্য।
ওগো বন্ধু আমার ...

ওরা চলতে লাগলো শহরের ব্যস্ততম সড়ক পথে। ভিড় সামলে, পর্যটকদের ছুঁয়ে ছুঁয়ে – হাসি আর ভালোবাসা ভাগ করে দিতে দিতে।

পাঁচ বন্ধু (পুনঃ)
দুঃখ যদি আসে – কারো জীবনে,
ভাগ করে নেব – এক সাথে।
আমরা মানুষের বিপদের দিনে,
পাশে গিয়ে দাড়াঁব এক-ই সাথে।
তবেই প্রমাণ হবে – আমরা মানুষ,
মানুষ মানুষেরই জন্য।
ওগো বন্ধু আমার ...
হতাশা যদি আসে – কারো জীবনে,
পথ খুঁজে না পায় – কোন ভাবে –
আমাদের কাছে আছে – বাঁচার মন্ত্র,
ভালোবাস আমাদের – একই সাথে।
তবেই প্রমাণ হবে – আমরা মানুষ,
মানুষ মানুষেরই জন্য।

ওগো বন্ধু আমার ...

গান শেষ হতেই থমকে দাঁড়াল ওরা। একটি আতুর বাচ্চার কান্না শুনতে পেল। তাকাল এদিক ওদিক। কান্নাটা খুব কাছেই মনে হলো। সহসা দৃষ্টি পড়ল একটা ডাস্টবীনে। প্রীতম বাইক থেকে নেমে দৌড়ে গেল – দেখল, ডাস্টবীনের ভিতর পশমের কাপড়ে জড়ানো প্রায় সদ্য ভূমিষ্ট এক আতুড় বাচ্চা। সঙ্গে সঙ্গে সে শিশুটিকে তুলে নিল বুকে। বাচ্চাটা তখনও কেঁদে চলেছে। প্রীতম দিশাহীন হয়ে পড়ল। হাজারো প্রশ্ন জেগে উঠল ওর মনে।

প্রীতম (নির্বাক)

"এখন আমি কি করব ... কার কাছে নিয়ে যাব ... কাকে দেব, যে ওকে নিজের সন্তানের মতো মানুষ করবে। সেই কোন রাতে ... কখন যে ... এই ঠান্ডার মধ্যে, কে-যে বাচ্চাটাকে ফেলে গেছে .. হে ভগবান! হায় আল্লা! তুমি ওকে সুস্থ করে দাও। ওর যেন কিছু না হয়। জীবনের প্রথম একটা ভাল কাজ ... এ-তো আমাদেরই একজন "হম এক"।

দু'চোখ বেয়ে জল গড়িয়ে এলো প্রীতমের। অসহায় দৃষ্টিতে তাকাল বন্ধুদের পানে।

গোলাম

দেখো দেখো, বাচ্চাটা কেমন চুপ হয়ে গেছে।

প্রীতম

তোমরাই বলো, কার কাছে নিয়ে যাব?কে ওকে নিজের সন্তানের মতো মানুষ করবে?

ইয়াসিন

প্রীতম'দা, শফিক আলির বাড়ি নিয়ে চলো। তাঁর স্ত্রীর প্রথম সন্তান ডেলিভারী হতে গিয়ে মারা গিয়েছে। তাঁর আর কোনদিন বাচ্চা-কাচ্চা হবে না – ডাক্তার বলে দিয়েছে। চলো তাঁর কাছে যাই।

প্রীতম (নির্বাক)

কথাটা মন্দ বলেনি ...

দ্রুত সিদ্ধান্ত নিয়ে তাকাল ইয়াসিনের দিকে –

প্রীতম
চলো ইয়াসিন, তাই-ই চলো।

তড়িঘড়ি বাচ্চাটিকে কোলে নিয়েই ওরা রওনা হলো – শফিক আলির বাড়ির উদ্দেশে।

INTERIOR - HOUSE OF SAFIQUE ALI – MORNING

প্রীতম
শফিক চাচা, শফিক চাচা –

শফিক আলি (গম্ভীর কণ্ঠে)
কে। কে ডাকে আমায়?

বলতে বলতে ঘর থেকে উঠোনে নেমে, প্রীতমের সামনে এসে দাঁড়াল সে।

প্রীতম (উৎফুল্ল হয়ে)
আল্লা, আপনাদের জন্য একটা সুন্দর উপহার পাঠিয়ে দিয়েছেন। এই নিন।

শফিক আলি (হাসতে হাসতে)
কই? দেখি দেখি। এ তো নিষ্পাপ গোলাপ। খুব সুন্দর দেখতে।

শফিক আলি হাত পেতে আদর করে বাচ্চাটিকে কোলে তুলে নিল।

শফিক আলি (পুনঃ)
মুমতাজ – মুমতাজ। শিগ্‌গির বাইরে এসো। দেখো এরা তোমার জন্য কি উপহার এনেছে।

মুমতাজ ঘর থেকে বারান্দায় নামতেই – শফিক আলি দ্রুত পায়ে এগিয়ে গিয়ে তাঁর কোলে শিশুটিকে দিতেই – তিনি আনন্দে কেঁদে ফেললেন।

মুমতাজ (আনন্দে কাঁদতে কাঁদতে)

হে আল্লা, তোমার কি অশেষ দয়া। আমাকে আবার ফিরিয়ে দিলে আমার সন্তান। তোমার নামে আমি চাদর চড়াব। একশ গরিব দুঃখিকে খাওয়াব। দশটা গরিব বাচ্চাকে জামা কাপড় পরাব।

বাচ্চাটিকে আদর করে চুমু দিতে দিতে ঘরে ঢুকে গেল মুমতাজ।

প্রীতম

শোন শফিক চাচা – জানি তোমার অনেক আছে, তবু – বাচ্চার যদি কখনো কোন প্রয়োজনে আমাদের লাগে, তবে নির্দ্বিধায় আমাদের জানাবে। এটা আমাদের কর্তব্য। শত হলেও আমরা ওর দাদাতো।

শফিক আলি

নিশ্চই – নিশ্চয়ই জানাব।

প্রীতম

আজ আমরা আসি তা-হলে। কাল একবার আসব।

শফিক আলি

আচ্ছা, এসো তোমরা। আল্লা যেন তোমাদের অনেক অনেক আশীর্বাদ করেন।

EXT - FAST FOOD & RESTUARENT – EVENING – 7:00 p.m.

সন্ধ্যা সাতটা। "মা রোড ও শ্রীনগর লাদাখ হাইওয়ে" রোডের সংযোগ স্থলে প্রীতমের "ফাষ্ট ফুড এন্ড রেষ্টুরেন্ট" এর দোকান। এই সময় রেস্টুরেন্ট-টা তে ভিড় যেন উপচে পড়ে গম্ গম্ করছে। প্রীতম কাউন্টারের ম্যানেজারের পাশে বসে, আর কর্মচারীরা পরিবেশনে ব্যস্ত। চার বন্ধু বাইরে বেঞ্চে বসে। ... সহসা প্রীতমের চোখে পড়ল – করিম মোল্লা। জল ভরা চোখে কাঁদ কাঁদ মুখে দাঁড়িয়ে। প্রীতম উঠে গেল তাঁর কাছে।

প্রীতম (তাঁর হাত ধরল)

কি হয়েছে করিম চাচা, আপনি কাঁদছেন কেন ?

করিম মোল্লা (কাঁদতে কাঁদতে)
পুলিশ আমার ছেলেকে তুলে নিয়ে গেছে।

প্রীতম (আকাশ থেকে পড়ল)
বলছেন কি! ও তো খুব ভাল ছেলে। ক্লাশের ফার্স্ট বয়।

করিম মোল্লা
ও স্কুল থেকে ফিরছিল – সংগে আমার ছোট ছেলে বাবরও ছিল। হঠাৎ কোত্থেকে দু'জন পুলিশ এসে আমার বড় ছেলে সুকুর মোল্লা'কে ধরে নিয়ে গেল। আমি থানায় গিয়েছিলাম। কোন কাজ হয় নি। তুমি একটু চলো বাবা –

প্রীতম, করিম মোল্লাকে বাইকে বসিয়ে নিয়ে দ্রুত রওনা দিল থানার পথে। পিছনে বন্ধুরাও গেল সাইকেলে।

INTERIOR-POLICE STATION-NIGHT- 8:00 p.m

রাত আট-টা। টেবিলের ওপাশে বসে সাব-ইন্সপেক্টর আসরাফ গাজী। আর দুই কনস্টেবল মাহিদ ও নাসির – দাঁড়িয়ে বন্দুক হাতে। আর বেঞ্চের উপর বসে কয়েক জন পাবলিক। থানার একপাশে বাইক ষ্ট্যান্ড করে প্রীতম, করিম মোল্লা'কে নিয়ে সোজা ভিতরে ঢুকে গিয়ে দাঁড়াল – সাব-ইন্সপেক্টরের সামনে।

প্রীতম
সলাম বালেকুম –
সাব-ইন্সপেক্টর
বালেকুম-অ-সলাম। আমাকে এক্ষুণি বেরতে হবে, তাড়াতাড়ি বলে ফেলো।

প্রীতম
কিছুক্ষন আগে আপনারা সুকুর মোল্লাকে ধরে এনেছেন, সে কোথায়?

সাব-ইন্সপেক্টর

না – না, কাউকেই আজ থানায় ধরে আনা হয় নি। ওনাকে তো সব বলে দিয়েছি।

প্রীতম

বলে দিলেই হলো। আপনাদের ও-তো একটা দায়িত্ব জ্ঞান থাকা উচিৎ। বুড়ো লোকটা এলো – অন্ততঃ একটা মিসিং ডাইরি তো নেবেন। নিন ডাইরি লিখুন।

সাব-ইন্সপেক্টর ডাইরির পাতা খুলে কলম ধরলেন –

করিম মোল্লা

নাম – সুকুর মোল্লা। পিতার নাম – করিম মোল্লা। সুকুর এগাড় ক্লাসে পড়ে। আজ বিকেল তিন টায় - সুকুর তাঁর ছোট ভাই বাবরের সংগে স্কুল থেকে বাড়ি ফিরছিল। হঠাৎ কোত্থেকে দুজন পুলিশ এসে, আমার বড় ছেলে সুকুর মোল্লা-কে মারতে মারতে বাইকে তুলে নিয়ে যায়। একটু দেখবেন স্যার।

সাব-ইন্সপেক্টর (ঘৃনা ও ক্রোধে)

ঠিক আছে–ঠিক আছে। এখন বাড়ি যান, ডাইরি তো হয়ে গেছে –

প্রীতম

চলুন চাঁচা।

ওরা ফিরে চলে যাচ্ছিল, কিন্তু সহসা থমকে দাঁড়াল প্রীতম – দরজার চৌকাঠে পা রাখতেই।

সাব-ইন্সপেক্টর (ঘৃনা ছুঁড়ে)

হুঃ। কত দেখলাম - টাকার লোভে ছক কষে, পুলিশের ঘাড়ে দোষ চাপিয়ে আতংকবাদি দলে ভিড়ে যেতে।

প্রীতম ফিরে এলো আবার ইন্সপেক্টরের সম্মুখে।

প্রীতম (ক্রোধের সাথে)

ঠিক বলেছেন স্যার। টাকার লোভেও পুলিশের কেউ কেউ যে, সন্ত্রাস দলের সংগে যুক্ত আছে, এটাও সব পাবলিকই জানে। এই সুকুর মোল্লার মিসিং এর পিছনে যে তাঁদের হাত নেই – তা কে বলতে পারে?

সাব-ইন্সপেক্টর (ক্রোধে)

দেখো ছোক্‌রা, লকাপে ঢুকিয়ে এমন মার মারবো – পরদিন কাগজে বেরোবে, তুমি স্যুইসাইড করেছ পাহাড় থেকে লাফিয়ে পড়ে।

প্রীতম (চেঁচিয়ে উঠল)

জানি। টাকার লোভে আপনারা সব কিছুই করতে পারেন। আপনাকে ভেবেছিলাম আপনি ওদের মতো নন। এখন অন্য কিছু ভাবতে হচ্ছে। সরকারি ছাপ্পা পোষাকটা গায়ে লাগিয়ে, ভন্ড পুলিশ সেজে সন্ত্রাসি হয়ে উঠেছেন।

ক্রোধে উন্মত্ত হয়ে সাব-ইন্সপেক্টর, টেবিলের উপর থেকে ডান্ডাটা নিয়ে তেড়ে এলেন।

সাব-ইন্সপেক্টর (ওর কলার ধরে)

তবে রে ছোক্‌রা।

ডান্ডাটা তুলে মারতেই – প্রীতম শক্ত হাতে ডান্ডাটা ধরে নিল –

প্রীতম (প্রতিবাদী কন্ঠে)

সাবধান। এটা থানা। এর একটা নিয়ম কানুন আছে –

সাব-ইন্সপেক্টর (ক্রোধ উগ্‌রে দিল)

তোর কাছ থেকে কানুন শিখতে হবে না-কি রে, শয়তান।

প্রীতম (বজ্রস্বরে)

মনে রাখবেন – আমার নাম প্রীতম। এই এলাকার সমস্ত পাবলিক আমার সাথে আছে। দরকার পড়লে উপর তলায় যাব। আপনার সন্ত্রাসির দাদাগিরি ভেঙে দেব। যা বলব তা করব।

ডান্ডাটা ছেড়ে দিল প্রীতম।

প্রীতম (পুনঃ)

যান, চেয়ারে গিয়ে বসুন। পাবলিকের হয়ে কাজ করুন। এটাই আইন। আর শুনুন, সুকুর'কে খোঁজার জন্য ছ'দিন সময় দিলাম। ঠিক ছ'দিন পর আমি

আবার আসব। রিপোর্ট-টা তৈরি করে রাখবেন।

ফিরে যাবার জন্য পা ফেলতেই দেখল – বন্ধুরা সবাই ওর পাশে এসে দাঁড়িয়ে পড়েছে।

কনে্স্টবল (মাহিদ)
আমাকে অর্ডার দিন স্যার, আমি ওকে লকাপে পুরে দিচ্ছি।

প্রীতমের পথ আগে্ল দাঁড়াল ঐ কনস্টেবল।

প্রীতম (ক্রোধে আগুন ঝরে পড়ল)
সব কিছুরই কড়ায়-গন্ডায় হিসাব হবে একদিন। যা – সরে যা।

আড়চোখে ইন্সপেক্টরের দিকে তাকিয়ে কথাটি বলে, কনে্স্টবল-কে ঠেলে সরিয়ে দিয়ে বেরিয়ে এলো প্রীতম।

INTERIOR-PRITAM'S HOUSE- DAWN- 5:30

পরদিন খুব ভোরে ঘুম ভাঙল প্রীতমের। মুখ-হাত ধুয়ে ফ্রেশ হয়ে বসল পড়ার টেবিলে। তাঁর মা দু-কাপ চা নিয়ে এসে এক কাপ ওর হাতে দিল। চা-য়ে চুমুক দিয়ে প্রীতম মায়ের মুখপানে তাকাল –

প্রীতম (চিন্তাগ্রস্ত)
মা শোন, কাল বিকেল থেকে সুকুর মোল্লাকে পাওয়া যাচ্ছে না।
সবিতা দেবী (চমকে উঠল)
সে কি!
প্রীতম
থানাও বলছে ওকে ধরে নিয়ে যায় নি। তবে গেল কোথায় ... কি হতে পারে?

সবিতা দেবী
হতে পারে তো অনেক কিছুই। পাকিস্তানের আতংকবাদিরাও তুলে নিয়ে যেতে পারে। হামেশাই তো শোনা যাচ্ছে জঙ্গিদের সাথে পুলিশ-মিলিটারির হরদম গুলির লড়াই। ঘরের পর ঘর, গ্রাম উজার করে গুলি আর

বেয়নেটের খোঁচায় - স্বামী হারিয়ে কত যে বউ বিধবা হয়েছে, পুত্র হারিয়ে কত যে মা –

ঝটিতি প্রীতম উঠে গিয়ে মায়ের মুখে হাত চাপা দিল –

প্রীতম

আমার কিচ্ছু হবে না মা, তুমি দেখে নিও। কেন মিছি মিছি ভাবছ এসব। কাল অবশ্যই আমাকে কলেজে যেতে হবে। তুমি আজ ভাল করে একটু রান্না করো। দুপুরে খেয়ে-দেয়ে একটা ঘুম দিতে হবে। আজ রাত দশটার বাস অবশ্যই ধরবো।

কথাটা বলেই প্রীতম মা'কে জড়িয়ে ধরে একেবারে রান্নাঘরে নিয়ে গেল।

প্রীতম (পুনঃ)

তুমি রান্না কর। আমি প্রিয়াদের বাড়ি থেকে একটু ঘুরে আসছি।

EXT. – LADAKH HWY TO MUNAWAR LINK ROAD- N.P.LANE - 7:00 a.m.

বাইক নিয়ে বেরিয়ে পড়ল প্রীতম। লাদাখ হাইওয়ে রোড ধরে উত্তরে গিয়ে, বাঁ-য়ে মুনাওয়ার লিঙ্ক রোড থেকে ৫ নং নোয়াপাড়া লেনে ঢুকে, ডান হাতের তিনটি বাড়ি ছেড়ে ওর বাইক এসে থামল প্রিয়াদের বাড়ির গেটে। ছিম-ছাম সুন্দর ছোট্ট একটা বাড়ি। পাঁচিল ঘেরা, সামনে ফুলের বাগান, শান্ বাঁধানো পথ। বাইক থেকে নামল প্রীতম। গেট খুলে ভিতরে ঢুকে গিয়ে বারান্দায় উঠে, দরজায় টোকা মারতেই – দরজা খুলে গেল।

INT.- HOME PRIYA'S – MORNING 7:30

প্রিয়া (অবাক হয়ে)

তুমি! আমি ভাবতেই পারিনি। তোমার তো দেখা পাওয়াই মুশকিল। যখন কথা দাও, তখন তোমার পাত্তা থাকে না। তারপর হঠাৎ কি মনে করে ...

প্রীতম

আমি এসছি একটা বিশেষ দরকারে।

প্রিয়া

এসো, ঘরে এসো।

প্রিয়া ওর হাত ধরে নিয়ে গিয়ে বসাল পড়ার টেবিলের চেয়ারে।

প্রিয়া (পুনরায়)

পড়তেই বসেছিলাম। পড়ায় মন লাগছে না। কেবল-ই তোমার কথা মনে হচ্ছিল।

প্রীতম (অবাক)

আমার কথা! ...

প্রিয়া (বড় বড় চোখে)

হাঁ! কাল সারা রাত তুমি আমাকে ঘুমোতে দাওনি

প্রীতম (ওর বিনুনি ধরে)

আমি ঘুমোতে দিই নি? বলো বলো – কি করেছি আমি। তোমাকে বলতেই হবে, বলো –

প্রিয়া

আগে চুল ছাড়ো, পরে বলছি।

প্রীতম (বিনুনি ছেড়ে দিয়ে)

এবার বলো –

প্রিয়া (সলজ্জ হেসে)

পরে বলবো। বিয়ের পর –

প্রীতম (ব্যঙ্গাত্মক কন্ঠে)

পরে বলবো – শাদি কে বাদ।

দু-জনাই যেন খিল-খিলিয়ে হাসতে হাসতে একে অপরের গায়ে ঢলে পড়ার উপক্রম। সহসা মুখ চেপে জোরপূর্বক হাসি থামিয়ে নিল ওরা। ঘরে ঢুকলেন শর্মিলা দেবী – চায়ের ট্রে হাতে। ওদের চা দিয়ে, নিজের কাপটি নিয়ে বসলেন চৌকির উপর। প্রীতম চা-এ চুমুক দিল।

প্রীতম
মাসিমা একটা খারাপ খবর আছে।

শর্মিলা দেবী
খারাপ খবর, কি খারাপ খবর!

প্রীতম
সুকুর মোল্লা মিসিং।

শর্মিলা দেবী'র হাত থেকে কাপটা পড়ে ভেঙে গেল।

শর্মিলা দেবী
গতকাল সকালেই তো ওর সঙ্গে আমার বাজারে দেখা হয়েছিল। আমি জিজ্ঞেস করলাম, বাড়ির সবাই কেমন আছে ? ও বল্‌লো – ভালো। আমার আবার তিনটে ব্যাগ নিয়ে আসতে কষ্ট হচ্ছিল দেখে – ও নিজেই সেধে সেধে ভারী ব্যাগ দুটো নিয়ে আমার বাড়িতে পৌঁছে দিয়ে গেল। বড্ড ভাল ছেলে ছিল।

প্রীতম
শুধু ভাল নয়। ও স্কুলে বরাবর ফার্স্ট হয়। গতকাল স্কুল থেকে ফেরার পথে কারা যেন ওকে তুলে নিয়ে গেছে। তাই আমি সাবধান করতে এলাম। প্রিয়া যেন আর একা একা রাস্তায় না বেরোয়। স্কুলে অটোয় যাবে অটোয় আসবে। দোকান বাজার সব বন্ধ। সিনেমায় যাওয়া চলবে না। আমায় বলবে - আমি নিয়ে যাব।

প্রিয়া
যদি যাই।

প্রীতম
যদির কথা ছাড়। ওসব যদি-ফদি চলবে না। তুমি যাবে না ব্যস।

প্রিয়া (জিদ্ ধরলো)
যদি ভুল করে যাই।
সপাটে এক চড় কষিয়ে দিল প্রীতম ওর গালে।

প্রীতম
কথা কানে যাচ্ছে না। যত বলছি যাবে না, তত জেদ ধরে বলছে যাবে। ছেলে হয়ে সুকুর মোল্লা মিসিং হয়ে গেল, আর - তুমি তো কোন ছার। মাথাটা গরম করে দিলো আমার।

শর্মিলা দেবী (রেগে গেলেন)
দেখ্ প্রিয়া, অত বাড়াবাড়ি ভাল নয়। তোর চোখের সামনে জঙ্গিরা ঘরে ঢুকে কিভাবে তোর বাবাকে গুলি করে মেরেছে – সেই যন্ত্রনা কোনদিনই আমার বুক থেকে মুছে যাবে না। এখন নতুন করে আর কোন আঘাত আমি সইতে পারব না। আমি এখন একটু শান্তি চাই – শান্তি।

প্রীতম
এখন ওরা মেয়েদেরও ধরে নিয়ে গিয়ে সন্ত্রাসবাদী বানিয়ে ছাড়ছে। সুকুর-এর কি হয়েছে ... এখনও তা অজানা।

ওর হাতের চড় খাওয়া প্রিয়ার গালটির দিকে কয়েক মুহূর্ত তাকিয়ে থাকতে থাকতে প্রীতমের চোখ দুটো জলে ঝাঁপসা হয়ে এলো। জায়গাটা কেমন দগদগে লাল লাল, চাকা চাকা হয়ে ফুলে উঠেছে।

প্রীতম (পুনঃ)
সরি, ক্ষমা করো প্রিয়া। তুমি এমন জিদ ধরলে –

প্রীতম নিজের হাতে ওর চোখের জল মুছিয়ে দিয়ে – মাথায় হাত রাখলো।

প্রীতম (পুনঃ)
এই তোমার মাথায় হাত রেখে প্রতিজ্ঞা করছি – আর কক্ষনো তোমাকে মারব না। আগামী রবিবার তোমাকে নিয়ে আমি সিনেমায় যাব। হাঁ, সত্যি

বলছি। রাগ করো না, প্লীজ। আজ আসি। আসি মাসিমা।

EXT. –BACK SITE A HILLOCK – 5 P.M

বিকেলে – পাহাড়ের এক টিলার পিছনে জমায়েত হলো ওরা পাঁচ বন্ধু আর স্থানীয় কিছু যুবক ও করিম মোল্লা। সবাই বসে আর প্রীতম দাঁড়িয়ে।

প্রীতম

তোমাদের এখানে উপস্থিত হওয়ার জন্য সকলকে অসংখ্য ধণ্যবাদ। আজ আমাদের এখানে জমায়েত হওয়ার কারন – সন্ত্রাসের আক্রমন থেকে নিজেকে ও নিজের পরিবারকে এবং দেশকে রক্ষা করতে। আর সেই সংগে কিভাবে জংগিদের মূল শিকড় উপড়ে ফেলা যায়, তাঁর প্লান অবশ্য পরের বিষয়। তবে সবার আগে চাই বোঝাপড়া ও বিশ্বাস – তাহলে অবশ্যই আমরা পারব। হয়ত সেদিন আর বেশি দূরে নয়, যখন একের পর এক গ্রামের নাম পাল্টে কত বিধবা গ্রাম তৈরি হয়ে যাবে, তা কেউ জানে না।

মরবে কারা? তুমি, আমি, আমরা – আমাদের বাড়ির পুরষরা। আর রবে কে ? হয়ত দেখা যাবে – তোমার-ই পাশের বাড়ির ভাল ছেলেটি, সে এখন কট্টর জংগিরূপে রিভলবার হাতে নিয়ে তোমার-ই সামনে দাঁড়িয়ে। সেই-ই রবে। এই যে করিম মোল্লার ছেলে মিসিং – কে বলতে পারে, জংগিরা ওকে তুলে নিয়ে যায় নি? তাই – মৃত্যু যখন অনিবার্য, তখন দেশের জন্য জীবন দানই শ্রেয় পথ। আর তা ছাড়া মরতে তো একদিন হবেই।

করিম মোল্লা

আমি রাজি।

উপস্থিত সকলে (হাত তুলল)

আমি রাজি - আমি রাজি - আমি রাজি। আমরা সকলেই রাজি।

প্রীতম একটি মোমবাতি জ্বেলে, সেই আগুনের শিখার উপর হাত পাতলো এবং সংগে সংগে সবাই ওর হাতের উপর হাত রাখলো।

প্রীতম

আমার সঙ্গে সঙ্গে উচ্চারন করো – হম্ এক–হম্ এক–হম্ এক। হম্ সব এক হ্যায়।

সবাই (এক সঙ্গে)
হম্ এক–হম্ এক–হম্ এক। হম্ সব এক হ্যায়।

INTERIOR - I.I.T INSTITUTE - DELHI – 10 A.M.

রিসার্চ রুম
গবেষণাগারটি বেশ বড়। পনের-ষোলটি টেবিল। প্রত্যেক টেবিল ঘিরে ছ-সাত জন করে ছাত্র। এক-এক টেবিলে এক-এক বিষয়ের উপর গবেষণা চলছে। প্রীতম'রা ছ-সাত জন মিলে ব্যস্ত একটি রোবট নিয়ে। দশটা-পাঁচ। প্রফেসর রাঠোর সাহেব ঘরে ঢুকলেন।

সকল ছাত্ররা (সামান্য নুইয়ে)
স্যার। গুড মর্নিং স্যার। গুড মর্নিং।

Prof. রাঠোর সাহেব
গুড মর্নিং অল মাই ফেভারিট স্টুডেন্টস্।

রাঠোর সাহেব, প্রত্যেক টেবিল ঘুরে ঘুরে – কাজ দেখতে দেখতে শেষে, প্রীতমদের টেবিলের সামনে এসে দাঁড়ালেন। এবং রোবট-টির পার্ট বাই পার্ট চেক করলেন। সার্কিটে একটা ভুল ছিল, সেটা দেখিয়ে তিনি বললেন।

Prof. রাঠোর সাহেব
এটা ঠিক করো। আমি চেম্বারে যাচ্ছি, প্রয়োজন হলে ডেকো।

প্রীতম
স্যার, আপনার সঙ্গে আমার এমারজেন্সি কিছু কথা ছিল।

Prof. রাঠোর সাহেব
বেশ তো, চলে এসো।

প্রফেসরের পিছন পিছন প্রীতম চেম্বারে ঢুকলো। তাঁর হাতের ইশারায় ওকে বসতে বলে নিজেও বসল। টেবিলে রাখা জলের গ্লাসটা তুলে জল খেল এবং

নিষ্পলক তাকিয়ে রইল প্রীতমের মুখপানে। ক্ষণিক কিছু একটা খুঁজতে চেষ্টা করল ওর মুখে।

Prof. রাঠোর সাহেব (ভ্রু কুঁচকে)

তোমাকে দেখে মনে হচ্ছে ... বিষয় বিশেষ গুরুতর। কোনদিন তো তুমি আসনি আমার কাছে – আমার চেম্বারে! বলো, নির্ভয়ে – নিঃসঙ্কোচে। যদি আমার দ্বারা সম্ভব হয়, আমি অবশ্যই তোমাকে সাহায্য করবো।

প্রীতম

আমি যা বলবো তা হয়ত সকলেরই জানা। তবু আমাকে বলতে হচ্ছে। টেরোরিস্টরা হাটে-বাজারে, জনসমাগম স্থানে কি ভাবে একের পর এক বিস্ফোড়ণ ঘটাচ্ছে। সবচেয়ে ভয়াবহ অবস্থা আমাদের কাশ্মীরের। প্রতিটা রাত কাটছে বিনিদ্র।

পরশু – এই গত পরশু, আমারই প্রতিবেশী করিম মোল্লার বড় ছেলে সুকুর মোল্লা – স্কুল থেকে বাড়ি ফেরার পথে গায়েব হয়ে গেল। লেখা-পড়ায় খুব ভাল ছিল ছেলেটি। কি লাভ হলো ... কোনদিন শুনবেন আমিও গায়েব হয়ে গিয়েছি। আপনিও ... আমার বন্ধুদেরও কেউ না কেউ।

Prof. রাঠোর সাহেব

আমি ঠিক বুঝতে পারছি না, এটা বলে আমাকে তুমি ঠিক কি বোঝাতে চাইছ?

প্রীতম

মরতে যখন হবেই, তখন ওদের সংগে লড়াই করে হয় মরব - নয় মারব।

Prof. রাঠোর সাহেব

কিন্তু ... কি ভাবে।

প্রীতম

(চোখে আত্ম-প্রত্যয়ের জ্বলন্ত দৃষ্টি)

আমরা চাইছি, ওরা ঠিক যে ভাবে আমাদেরকে মারছে – আমরাও ঠিক্ সেই একই ভাবে ওদেরকে মারবো এবং ওদের ডেরাগুলো সব ভেঙে গুঁড়িয়ে দেব। কারন, ওরা সমাজের ক্যান্সার। আর এই ক্ষত জিইয়ে রাখলে পুরো দেশটাই ধ্বংস হয়ে যাবে। সেজন্য আমাদের মূল অস্ত্র হবে Jangi Rat, Butterfly ও RDX. সে জন্য আপনার সাহায্য একান্তই দরকার। প্লীজ্ না

করবেন না। মরতে আমরা ভয় পাই না, আমরা অবশ্যই জিতবো। দেশকে বাঁচাব – পৃথিবীর মানুষকে বাঁচাব।

Prof. রাঠোর সাহেব

থ্যাঙ্ক ইউ – থ্যাঙ্ক ইউ ভেরী মাচ্। অবশ্যই তোমাকে সাহায্য করব।

INTERIOR - CANTEEN ROOM – 5 P.M

ক্লাশ ছুটির পর ওরা ক্যান্টিন রুমে ঢুকে গেল। সব টেবিল ভর্তি। গম-গম করছে হাসি, মশকরা ও কথা বার্তায়। একেবারে শেষ মাথায় কোণের দিকে মহম্মদ হানিফ একা একটি টেবিলে বসে। প্রীতম ও তাঁর বন্ধুরা গিয়ে বসলো ওখানে।

প্রীতম

কি ব্যাপার হানিফ, তুমি একা! তোমার বন্ধুরা কোথায়?

বয় এসে চা সিঙারা দিয়ে গেল প্রত্যেক-কে। সবাই সিঙারা ও চায়ের কাপ হাতে তুলে নিয়ে খেতে শুরু করল। কিন্তু হানিফ বিমর্ষ ও চুপচাপ। ওর চোখে মুখে কি এক উৎকন্ঠা ও উদবেগের ছায়া।

প্রীতম

তোমার কি হয়েছে বলতো? ঈদে দেশে যাওয়ার কথা ছিল, গিয়েছিলে?

হানিফ

নাঃ।

প্রীতম

কেন?

হানিফ (দুঃখ করল)

আজ সকালেও বাড়িতে ফোন্ করে ছিলাম, বাড়ি যাওয়া তো দূর, একটা ফোন পর্যন্ত করতে নিষেধ করেছে। আমাদের ট্রান্সপোর্টের ব্যাবসা, কিসের অভাব আমাদের? তা সত্বেও ব্রীফেকস ভর্তি দশ লাখ টাকা জোর করে আমার বাবার হাতে দিয়ে গেছে। আর বলেছে – আমি পাশ করে ফিরলে ওরা আরও অনেক টাকা দেবে। আমার আর তিন বন্ধুরও ঐ একই অবস্থা। আর যদি না যাই, তবে ভাই বোনেদের তুলে নিয়ে যাবে। ভাবতে পার ...? খাব কেমন করে, খেতে মন চায়? চিন্তায় রাতে ঘুম আসে না। প্রীতমদা, আমি বিক্রয় হতে চাই না। আবার আমাদের পরিবারও ধ্বংস হয়ে যাক, তা

ও আমি চাই না।

কান্নায় স্বর বন্ধ হয়ে গেল হানিফের। দু চোখের কোল বেয়ে অশ্রু গড়িয়ে পড়তে লাগল। দু হাতে মুখ চেপে টেবিলের উপর মাথা গুঁজল সে। খেতে আর কারও মন চাইল না। কিছুক্ষণ এইভাবে স্তব্ধ থাকার পর প্রীতম ওর মাথায় হাত রাখল।

প্রীতম

তুমি ভেঙে পড়ছ কেন? আমি আছি তোমার সঙ্গে। দু'টো পথ বন্ধ হয়েছে তাতে কি? তৃতীয় পথ তো খোলা আছে।

হানিফ (মুখ তুলে তাকাল)

তৃতীয় পথ!

প্রীতম

হাঁ। তৃতীয় পথ। এ পথ তোমার সমস্ত পথের দরজা খুলে দেবে। খেয়ে নাও এখন।

প্রীতম চা আর সিঙারার প্লেট-টা ওর হাতে তুলে দিল।

প্রীতম (পুনঃ)

আমাদের ইচ্ছা, ওদের ঘাঁটি সহ সব ট্রেনিং সেন্টারগুলি গুঁড়িয়ে ধংস করে দেব।

হানিফ (চা খেতে খেতে)

কি ভাবে?

প্রীতম

বলবো – সব বলবো। আগে তুমি তোমার বন্ধুদের সঙ্গে আলোচনা করে ঠিক করো, তোমরা আমাদের দলে আসবে কি-না, তখন –

EXT. – PALHALLAN VILLAGE – MID-NIGHT 2:00

দিন দুই বাদে – এক গভীর রাতে, রাত তখন দু'টো হবে। তিনটে বাইকে কাল কাপড়ে মুখ ঢেকে, পিঠে A.k. 47 রাইফেল নিয়ে ছয় আতংকবাদি ঢুকে পড়ল পালহাল্লান গ্রামে। নিস্তব্ধ, অন্ধকার। গাঢ় ঘুমে অচৈতন্য সবাই। বাইকের ভট-ভট আওয়াজে কারও কারও ঘুম ভাঙলেও, একবার উঠে গিয়ে জানালা খুলে দেখবে – সে সাহস কারও হলো না। অবশেষে বাইকের

ভটভটি আওয়াজ বন্ধ হলো বশীর তান্ত্রের বাড়ির ঠিক, দরজার সামনে এসে।

INT. – BASIR TANTRE'S HOUSE – MID-NIGHT 2:20

পাঁচ জঙ্গি বাইক থেকে নেমে বারান্দায় উঠতেই – ঘেঁউ ঘেঁউ চিৎকার করে একটা কুকুর লাফিয়ে তেড়ে এল ওদের সামনে। সংগে সংগে ওরা গুলি করে মেরে ফেলল তাকে। তারপর দরজায় বুটের লাথি মেরে মেরে ডাকতে লাগল –

বাসেল (উগ্র মেজাজে)
এই বশীর, দরওয়াজা খোল - দরওয়াজা খোল বশীর।
কাইসর (হিংস্রতার সঙ্গে)
দরওয়াজা খোল বশীর। দরওয়াজা খোল। এ সালে, দরওয়াজা খোল। তোড়কর ঘুসনা পড়া তো, তুমমে সে কিসী কো নহী ছোড়েঙ্গে। এ শূওর কে বচ্চে, খোলেগা কি নহী ?

বশীর ভয়ে কাঁপতে কাঁপতে চৌকি থেকে নেমে এসে দরজা খুলে, ওদের পা-য়ের সামনে হাঁটু মুড়ে বসে পড়ল জোড়হাতে।

বশীর তান্ত্রে (কাঁদতে কাঁদতে)
এদের তোমরা মেরো না বাবা। এরা তোমাদের ছোট ভাইয়ের মতো।
কিফায়ত
হঠ বুড়েঢ –

ঐ জঙ্গি লাথি মারতেই সে ছিটেক গিয়ে পড়ল চৌকির পাশে এবং পাঁচ জঙ্গি ঘরে ঢুকে পড়ল। ওরা বশীরের পাঁচ ছেলেকে – আলমারির পিছন, চৌকির নিচ, মশারির কোণ, বাক্স ও রান্নাঘর থেকে খুঁজে খুঁজে টেনে এনে – চৌকির উপর বসাল এবং একসঙ্গে দড়ি দিয়ে বাঁধলো সকলকে। ওরা হা-হা কার চিৎকার করে কাঁদতে কাঁদতে বলতে লাগল – এ জীবনের শেষ কথা।

সাদাত (বড় ছেলে)
ওগো, কে কোথায় আছো বাঁচাও। জঙ্গিরা আমাদের মেরে ফেলল গো।
সেলিম (মেঝ ছেলে-
অশ্রু সিক্ত নয়নে)
হে আল্লা, আমাদের কি কসূর আমরা জানিনা। আগে তোমার মর্জি।

অপর তিন ছেলেও – আল্লার শরণাপন্ন হয়ে আজান দিতে লাগল। চৌকির সামনে দাঁড়িয়ে মেশিনগান উঁচিয়ে ধরল মনসূর ও কিফায়ত। কাঁদতে কাঁদতে বশীর উঠে গেল তাঁদের পায়ের কাছে।

বশীর তান্ত্রে

(জোড়হাতে প্রার্থনা করল)

আমি কথা দিচ্ছি – আমি পার্টি ছেড়ে দেব। মারতে হয় আমাকে মারো। এদেরকে বাঁচতে দাও ... এদের বাঁচতে দাও ...।

মনসূর

দূর হো জা বদজাত –

লাথি মেরে তাকে সরিয়ে দিয়ে, মেশিনগানের ট্রিগার টিপে দিল জঙ্গিটি। অজস্র গুলি ছুটে গিয়ে ওদের শরীর এফোঁড়-ওফোঁড় ঝাঁজরা করে দিল। ছেলেরা সব লুটিয়ে পড়ল একে অপরের গায়। রক্তে বিছানা-পত্তর সব ভেসে যেতে লাগল। বাসেল – চার পুত্রবধূ ও তাঁদের বাচ্চাদের দিকে এ.কে ৪৭ গানটি উঁচিয়ে ধরল।

বাসেল (আদেশ করল)

জলদি আপলোগ সব বাহর চলে জায়ে। নহী তো মার দিয়ে জাওগে।

চার পুত্রবধূ তাঁদের বাচ্চাদের নিয়ে কাঁদতে-কাঁদতে দ্রুত রাস্তায় চলে গেল।

বশীর তান্ত্রে (বুক চাপড়ে চাপড়ে)

আমাকেও তোমরা গুলি কর, আমি আর বাঁচতে চাই না। হে খোদা, এ কোন পাপের শাস্তি। আমাকে তুমি এক্ষুণি নিয়ে চলো।

অপর দুই জঙ্গি বশীরের হাত ধরে টানতে টানতে বাইরে নিয়ে এসে, ধপাস্ করে ফেলে দিল তাকে রাস্তায়। তারপর ঘরের ভিতর ও বাইরে পেট্রল ঢেলে আগুন ধরিয়ে দিয়ে তাঁরা শান্তভাবে ধীরেসুস্থে বাইরে বেরিয়ে তিনটি বাইকে উঠে চলে গেল। মুহূর্তে সারা ঘরময় জুড়ে আগুন দাঁউ দাঁউ করে ছুটে বেড়াতে লাগল।

বশীর তান্ত্রে (পুনঃ)

(বুক থেকে কলজেটা যেন কেউ উপড়ে নিল তাঁর)

আমার সব গেল। সব পুড়ে ছাই হয়ে গেল। আমি আর বাঁচতে চাই না।

উন্মাদ হয়ে আগুনে ঝাঁপ দিতে ছুটে গেল বশীর। সংগে সংগে চার পুত্রবধূও ছুটে গিয়ে, তাকে জাপটে ধরে নিয়ে এল রাস্তায়।

বশীর তান্ত্রে (পুনঃ)

আমি কি নিয়ে বাঁচব বলতে পার সায়রা ? আমার পাঁচ-পাঁচটি ছেলে ...! আগুনে ঝাঁপ দিয়ে আমাকে শান্তি পেতে দাও – আমাকে শান্তি পেতে দাও। আমাকে হা-হা-হা-হা ...

হা-হা কার কান্নায় লুটিয়ে পড়ল সে রাস্তার উপর।

সায়রা (কাঁদতে কাঁদতে)

তা-হলে আমরাই বা কি নিয়ে বাঁচব আব্বা ? আমাদের মাথার উপর আর কে আছে ? শান্ত হন আব্বা – শান্ত হন। আমরা চলে যাব এখান থেকে – আমরা আর কাশ্মীরে থাকব না। আমরা চলে যাব।

বশীর তান্ত্রে (হতাশ কন্ঠে)

কবে যে শান্তি আসবে – একটু শান্তি ...।

উপুড় হয়ে মাটিতে মুখ গুঁজল সে।

INT. – CANTEEN ROOM – 7:00 a.m

সকাল সাতটা। অনেক ছাত্র টেবিলে টেবিলে ছড়িয়ে-ছিটিয়ে চেয়ারে বসে। চা খেতে খেতে – কথা বলছে, হাসছে, গল্প করছে, পেপার পড়ছে, কেউ বেরচ্ছে – কেউ ঢুকছে। ক্যান্টিন বয় কেটলি হাতে এ টেবিল সে টেবিলে চা সার্ভ করে চলেছে। প্রীতম চা শেষ করে, পেপারের ফার্স্ট পেজ-এ চোখ রাখতেই চমকে উঠল এবং বন্ধুরাও হুমড়ি খেয়ে পড়ল পেপারের ঐ নিউজ টার উপর।

"গত রাত্রে আতংকবাদি দলের গুলিতে ঝাঁজরা হয়ে, বশীর তান্ত্রের পাঁচ-পাঁচটি পুত্র লুটিয়ে পড়ল" –

হায়দার (ক্রোধ উগরে দিল)

এর একটা শেষ আছে। ওরা অবশ্য একদিন ধংস হবেই হবে।

হানিফ

আর হবে প্রীতমদার হাতেই। আমরা তোমার সঙ্গেই থাকব প্রীতমদা।

জামিল
তোমার আদেশের অপেক্ষায় রইলাম।

EXT. – MA ROAD – EVENING 5:00

রবিবার। বিকেল ৫টা। প্রীতম বাইক নিয়ে ছুটে চলল যেন - নীল আকাশর নীচে ডানা মেলে ওড়া পাখির মত। পিছনে বসে প্রিয়া। একটা হাত প্রীতমের কাঁধে।

প্রীতম
সেদিনের ঐ ঘটনা থেকে মনটা আমার খুব খারাপ লাগছিল। তোমাকে মারলাম! এটা আমি ভাবতেই পারছি না। তোমার গালের ঐ কালশিটে দাগটা আমাকে ভীষণ ভয় পাইয়ে দিয়েছিল। এখন তোমাকে দেখে নিশ্চিন্ত হলাম। বা-বাঃ! যা ভয় পেয়ে গিয়েছিলাম।

প্রিয়া (হাসতে হাসতে)
বোরোলিন গরম করে লাগিয়ে দিয়েছি মশাই। তাই তাড়াতাড়ি –
প্রীতম
(কথাটা শেষ করল)
সেরে গেছে। রোববার প্রীতমদার সঙ্গে সিনেমায় যেতে হবে তো।
প্রিয়া
না মশাই - আজ সিনেমায় না নিয়ে গেলে, আমি একটুও রাগতাম না। তুমি খুব ভাল ছেলে। আমি নিজেকে সৌভাগ্যবতী মনে করছি। কারন তুমি দুর্লভ।

সহসা প্রীতম ব্রেক কষে দাঁড়াল। প্রিয়া দেখল ওরা সিনেমা হলের সামনে এসে গেছে। বাইরেটা জনশূণ্য। একটা লোকও নেই। কয়েকজন দোকানদার বসে বসে মাছি তাড়াচ্ছে।

INTERIOR - CINEMA HALL - 5:30p.m.

প্রীতম তাড়াতাড়ি বাইকটা গ্যারেজ করল এবং কাউন্টার থেকে দু'টো টিকিট কেটে নিয়ে দ্রুত হলে ঢুকে পড়ল ওরা। সিনেমা তখন কিছুটা এগিয়ে গেছে। পর্দায় দেখল – ১৭/১৮ বছরের এক ছাত্র স্কুল ব্যাগ পিঠে বাড়ি

ফিরছে। সহসা পিছন থেকে একটা মারুতি গাড়ি এসে থামল ওর পাশে। কালো কাচে ঢাকা। সাটার সরিয়ে ৩০-৩২ এর এক সুন্দরী মহিলা ডাকলো ওকে।

সানিয়া (হাসতে-হাসতে)
ভাই শোন। বলতে পারবে টেম্পল রোড, ১১ নং গলি, হোসেন আলি।
ঠিকানাটা কোথায়?
রহিম (হাসতে হাসতে)
উনি তো আমার নানা হন।
সানিয়া
তাই না-কি! তবে তো ভালই হলো। তোমার নাম কি ?
রহিম (হেসে বলল)
রহিম আলি।
সানিয়া
তাঁর সঙ্গে দেখা না করে চলে যাব, এটা খুবই খারাপ দেখাবে। আবার কবে না কবে আসব ... কথা দিয়েছিলাম।
রহিম
ঠিক আছে, আমি আপনাদের পৌঁছে দিচ্ছি।
সানিয়া
অসংখ্য ধণ্যবাদ। আল্লা তোমার সহায় হোক।

মহিলা শাটার সরিয়ে দিতেই রহিম গাড়িতে উঠে বসল। মারুতি চলতে লাগল ধীর গতিতে। মহিলা ফ্লাকস্ থেকে কফি ঢেলে রহিমকে এক কাপ দিল ও নিজে এক কাপ নিল। কফিতে চুমুক দিয়ে রহিম জিজ্ঞেস করল –
রহিম
আপনার সঙ্গে বসে আছে, এরা আপনার কে হন ?
সানিয়া
সামনে বসে আমার আব্বা, আর ডান পাশে হাজব্যান্ড। আর বাঁয়ে বসে তুমি – আমার ভাই।
রহিম (অবাক হয়ে)
আমি তোমার ভাই! আমার না কোন বোন নেই। তাহলে আজ থেকে তুমি আমার দিদি হলে। সামনের ঈদ উৎসবে কিন্তু দিদি, দাদুর বাড়িতে তোমার

আসা চাই-ই চাই।

সানিয়া

(রহিমের দুই গালে চুমু দিল)

অবশ্যই আসব। আমার ছোট ভাইটাকে দেখতে আসব না, তা কি হয় ? সঙ্গে কত উপহার আনব। সুন্দর সুন্দর জামা কাপড় আনব -

প্রিয়া

(প্রীতমের হাত ধরল)

এই শোন, কাল ডাল লেকে বেড়াতে নিয়ে যাবে?

প্রীতম (হাত ছাড়িয়ে)

আঃ! ডিস্‌টার্ব করছ কেন ? ওদিকে দেখ না ছেলেটার কি হয়।

কফিতে শেষ চুমুক দিতেই, রহিমের চোখ বন্ধ হয়ে গেল। হাত তুলে কিছু বলতে গিয়েও বলতে পারল না। সিটে হেলে পড়ে ঘুমিয়ে পড়ল সে। মারুতি ছুটে চলল দ্রুত বেগে। বারমূলা গিয়ে থামতেই, কোত্থেকে দুজন লোক দৌড়ে এসে ওকে ট্রেচারে তুলে নিল এবং বর্ডার পার করে হেলিকপ্টারে তুলে দিল। কত জঙ্গল, জলাভূমি, পাহাড় পেরিয়ে হেলিকপ্টারটি অবশেষে থামল এক পাহাড়ের খাঁজে। সঙ্গে সঙ্গে সবুজ পোষাক পরা চারজন লোক ছুটে এল – হাতে ট্রেচার নিয়ে। ওকে তুলে নিয়ে এক সুরঙ্গের ভিতর ঢুকে ছোট্ট একটা জানালা বিহীন ঘরে খাটিয়ায় শুইয়ে দিল। এক জঙ্গি কমান্ডার এসে ওকে ইঞ্জেকশান দিয়ে দাঁড়িয়ে রইল। কিছুক্ষণের মধ্যেই ওর জ্ঞান ফিরে এলো। ধীরে ধীরে চোখের পাতা খুলতেই দেখল – দমবন্ধ করা অচেনা এক নোংরা গহ্বর।

রহিম

(ভয়ে চিৎকার করে উঠল)

এ আমি কোথায়? কোথায় আমি ? এ জায়গা তো আমি চিনি না –

কমান্ডার (গম্ভীর স্বরে)

একদম চেঁচাবে না। এখন থেকে তোমার সব দেখ-ভালের দায়িত্ব আমার।

রহিম (ভ্রু কুঁচকে)

তুমি কে ?

কমান্ডার

সব জানতে পারবে। এখন খেয়ে নাও।

এক ব্যক্তি খাবার নিয়ে ঘরে ঢুকল। রুটি, মাংস, মদ আর জলের বোতল নিয়ে।

রহিম
(কেঁদে কেঁদে বললো)
আমি খাব না। আমার মা-বাবা কি খেতে পারবে ? আমার ভাইটা হয়তো না খেয়ে ঘুমিয়েই পড়েছে। আমাকে দেখতে না পেয়ে তারা হয়তো কাঁদতে কাঁদতে মরেই যাবে। আমি বাড়ি যাব। আমাকে বাড়ি দিয়ে আসুন।

কমান্ডার (ওকে আদর করল)
অবশ্যই তুমি বাড়ি যাবে।
রহিম
কবে - কাল ?
কমান্ডার
না, কাল নয়। কাল তুমি চিঠি লিখবে তোমার আব্বাকে। চিঠিতে লিখবে – "তুমি ভাল আছ। তুমি একটা চাকরি পেয়েছ। ন'মাসের ট্রেনিং কোর্স। ট্রেনিং শেষে ন'মাসের ছুটি নিয়ে বাড়িতে ঘুরে আসবে। ট্রেনিং চলাকালীন মাসে ৩০০০ হাজার টাকা, আর ট্রেনিং শেষে ৮০০০ টাকা প্রতিমাসে। কি খুশি তো?
রহিম (মুখে হাসি)
খুশি তো বটেই। সংসারে যা অভাব। খুব কষ্ট আমাদের।
কমান্ডার
তা'হলে খেয়ে নাও এখন।

কমান্ডার সাহেব তাঁর হাতে খাবারের থালাটা তুলে দিলেন।

কমান্ডার (পুনঃ)
লক্ষ্মী ছেলে। কাল ভোরে তোমাকে ট্রেনিং ক্যাম্প দেখাতে নিয়ে যাব।
রহিম
আচ্ছা।

পরদিন সকাল ছ-টায় ঐ অফিসার এলো এবং ওকে জীপে বসিয়ে নিয়ে গেল

ট্রেনিং ক্যাম্পে। জীপ্ থেকে নেমে রহিম মাঠের দিকে এগোতেই দেখলো – হাত-পা বাঁধা অবস্থায় গাছে ঝুলছে তিনটি ছেলে। ঐ অফিসার হন হন করে হেঁটে গিয়ে তিন জনকেই হাতের রুল দিয়ে কষিয়ে দিলেন কয়েক ঘা। যন্ত্রনায় ছটফট করতে করতে ওরা চিৎকার করে কাঁদতে লাগল।

তাহির, গুলফাম ও তৌশিক
হে আল্লা। হা আল্লা। হে খোদা ...

কমান্ডার
(ক্রোধে জ্বলে উঠল)
এখনো রাজি হলে না। মনে করো না, না খেতে পেয়ে রুগ্ন আধমরা হয়ে থাকবে, আর আমি দয়া দেখিয়ে ছেড়ে দেব – সে গুড়ে বালি। ২৪ ঘন্টা এভাবে ছিলে, এবার ৪৮ ঘন্টা থাকবে বরফের উপর শুয়ে।

একজন গাছে উঠে দড়ি তিনটি কেটে দিতে, ধপাধপ ওরা পড়ে গেল নিচে। আর তিনজন দৌড়ে এসে,
ওদের নিয়ে গিয়ে ক্যাম্পের ভিতর বরফের চাঁইয়ের ওপর শুইয়ে দিল।

তাহির, গুলফাম ও তৌশিক
(ছটফট করতে করতে বললো)
বাঁচাও – বাঁচাও। মরে গেলাম – আর পারছি না। হে খোদা, হে আল্লা, বাঁচাও।

রহিম তাঁবুর ফাঁক দিয়ে এ দৃশ্য দেখে আর সহ্য করতে পারল না। তাঁবুর ভিতর ঢুকে ওদের মাথার পাশে গিয়ে বসল। কমান্ডারও তাঁবুর ভিতর ঢুকে দাঁড়াল ঠিক ওর পিছনে।

রহিম (অনুরোধ করল)
তোমরা রাজি হয়ে যাও ভাই। মরে যাবে যে। প্লীজ রাজি হও।
তাহির, গুলফাম ও তৌশিক
(একসঙ্গে বললো)
আমরা রাজি – আমরা রাজি। যা বলবেন তাই করবো। যেমন বলবেন

তেমন চলবো। উঃ – আর পারছি না।

দুই জঙ্গি এগিয়ে এসে ওদের তুলে, গরম পোষাক আর মোটা কম্বল দিল। প্রত্যেকের হাতে তুলে দিল, এক গ্লাস গরম দুধ। আর ডাক্তার এসে ওদের ইঞ্জেকশান দিয়ে দিল। কমান্ডার সাহেব রহিমকে নিয়ে গেল ট্রেনিং গ্রাউন্ডে।

কমান্ডার

কাল থেকে তোমার ট্রেনিং শুরু হবে এখানে। আজ শুধু বসে বসে দেখ। কত রকমের ট্রেনিং শিখতে হয়। হিরো হতে হবে – হিরো। বুঝলে – পেপারে ফটো ছাপবে, পৃথিবীর মানুষ তোমায় চিনবে।

রহিমের মাথায় বিলিকেটে চুম্বন ছুঁয়ে দিল ঐ অফিসার।

প্রীতম

চলো প্রিয়া আর ভাল লাগছে না।

EXTERIOR – MA ROAD – NIGHT 9:00 p.m.

প্রিয়ার হাত ধরে প্রীতম বেরিয়ে এলো হল থেকে। তীব্র গতিতে বাইক ছুটছে। শুন্‌শান রাস্তা। অনেকটা পথ চলে এলো ওরা। সেই হল থেকে বেরনো ইস্তক কোন কথা বলেনি প্রীতম। প্রিয়া ওকে জড়িয়ে ধরলো।

প্রিয়া

এই শুনছো, কোন কথা বলছো না যে। কি হয়েছে তোমার ?

প্রীতম (মনে মনে ভাবছে)

কি ভাবে সে এর মোকাবিলা করবে? চাই বিশাল জন-সমর্থন, চাই প্রচুর অর্থ। দেরি করলে চলবে না। শীঘ্রই কাজে নেমে পড়তে হবে।

বাঁ হাতে মোড় নিয়ে প্রিয়াদের বাড়ির সামনে গিয়ে দাঁড়াল প্রীতম। বাইক থেকে নেমে প্রিয়া বল্‌লো –

প্রিয়া

ধণ্যবাদ প্রীতমদা। শুভরাত্রি। কাল এসো।

চলে গেল প্রীতম কোন উত্তর না দিয়ে।

EXTERIOR-RESIDENCY-HAZRABAL & OTHERS ROAD – DAY

পরদিন সকাল দশটা। রেসিডেন্সি রোডের টি.আর.সি মোড়ে জড়ো হলো জনা পঞ্চাশেক বুড়ো, যুবক ও মহিলা। প্রীতম বেঞ্চের উপর দাঁড়িয়ে।

প্রীতম

হে আমার হিতৈষী ও প্রিয় বন্ধুগন, আমার মা, ভাই, বোন, দাদা ও দিদি সহ সকল মানুষকে জানাই আন্তরিক শ্রদ্ধা, ভালোবাসা ও ধণ্যবাদ। পর সমাচার এই – দেশের মধ্যে সন্ত্রাসবাদ শক্তি একের পর এক যে ভাবে আঘাত হানছে – সংসার সুখ-সোয়াস্তিকে যে দুর্বিসহ করে তুলেছে, রাতের ঘুম কেড়ে নিয়েছে – এই বুঝি কি হয়-কি হয়, একটা আতঙ্ক নিয়ে বেঁচে রয়েছি। তাই, এই রকম একটা পরিস্থিতির মোকাবিলা করার জন্য, আমরা প্রার্থনা করছি আপনাদের সমর্থন, সহযোগিতা ও অকুন্ঠ সাহায্য। -- ধণ্যবাদ।

প্রীতম বেঞ্চ থেকে নামল এবং চার বন্ধুর হাত ধরে সামনে এগিয়ে গেল।

পাঁচ বন্ধু

(জীবনের গান ধরল)

হম্‌এক, হম্ এক, হম্ এক (৩)
আমরা প্রতিবাদ করব –
ওদের সাথে লড়াই করে মরবো,
দেশের স্বার্থে দশের জন্য
মুক্তি এনে দেব।
আমরা প্রতিবাদ করব – (৩)
আমরা প্রতিবাদ করব-ই।
হম্‌এক, হম্ এক, হম্ এক (৩)
আমরা প্রতিকার করব –
দিকে দিকে সন্ত্রাসীদের ধরবো,

একটি মন্ত্রে দীক্ষা নিয়ে
প্রাণটাই কেড়ে নেব।
আমরা প্রতিকার করব – (৩)
আমরা প্রতিকার করব-ই।
হম্‌এক, হম্ এক, হম্ এক (৩)
আমরা প্রতিঘাত হান্‌ব –
সন্ত্রাসের'ই শিরদাড়াটা ভাঙবো,
ঘাঁটিগুলো সব গুঁড়িয়ে দিয়ে
ধ্বংস করে দেব।
আমরা প্রতিঘাত হান্‌ব – (৩)
আমরা প্রতিঘাত হান্‌ব – ই।
হম্‌এক, হম্ এক, হম্ এক (৩)
******

এই গান গাইতে গাইতে, ওরা যতই দীর্ঘ থেকে দীর্ঘতর পথ পরিক্রমণ করল – মিছিলের লাইনও ততই দীর্ঘ থেকে দীর্ঘতর হলো। আশেপাশের বাড়ি-ঘর ও দোকান-বাজার থেকে অনেক মানুষ এগিয়ে এসে এই মিছিলে সামিল হলো। প্রিয়াও এসে হাঁটতে লাগল প্রীতমের পাশে পাশে। হাজার হাজার লক্ষ লোকের কন্ঠে উচ্চারিত হলো "হম্ এক" এর কোরাস। গানের শেষে অনেক যুবক "হম্ এক" মিশনের সাথে যুক্ত হলো। প্রীতম – সিরাজ ও ইয়াসিন'কে সঙ্গে নিয়ে বাড়ি চলে গেল। আর রজ্জাক ও গোলাম রইল সদস্য সংগ্রহের কাজে।

INTERIOR–PRITAM'S HOUSE-AFTERNOON –

প্রীতম
আমার কিন্তু একটা ব্যাপারে ভীষণ সন্দেহ হচ্ছে সিরাজ।
সিরাজ
(ভ্রু কুঁচকে উঠল)
কি ব্যাপারে –
প্রীতম
আজকের মিছিল যেমন সাকসেসফুল, তেমন একটা ভয়ও আছে। কে বলতে

পারে, আজকের মিছিলে জঙ্গিদের কেউ উপস্থিত ছিল না ?

ইয়াসিন

তবে তো এতক্ষণে খবর হয়ে গেছে।

প্রীতম

আমদের কিন্তু এখন থেকেই প্রস্তুত হতে হবে। এবং তৈরি থাকতে হবে, যে কোন মুহূর্তে আক্রমণের মোকাবিলার জন্য। ইয়াসিন, রজ্জাক-কে একটা ফোন্ লাগাও। আর সিরাজ – তুমি গ্যাস সিলিন্ডার ৩টি, পেট্রল জার ২০ লিটারের ৪টি এবং ৫ লিটার জারের ২৭টি, আর ৪০ ফুট মোটা নাইলন দড়ি ৯ পিস, এইগুলো কিনে দোকানেই অপেক্ষা কর। আমি ন'টায় তোমার কাছে যাবো।

ইয়াসিন রজ্জাক-কে মোবাইলে ধরে – প্রীতমের দিকে ফোনটা এগিয়ে দিল –

ইয়াসিন

এই নাও প্রীতমদা, রজ্জাকের সাথে কথা বলো।

প্রীতম (মোবাইল কানে ধরে)

হ্যালো রজ্জাক। আজ মেম্বারশিপ কতজন হলো ?

রজ্জাক (ওপাশ থেকে)

একশ ছাড়িয়েছে। আমরা ৭ টার পর বসির মিঞার বাগানে থাকব।

প্রীতম

ঐ নতুন সদস্যদেরও থাকতে বলবে। কি করতে হবে আমি গিয়ে সব বলবো। রাতে রমজান আলির হোটেলে খেয়ে নেবে – ন'টার ভিতর।

ও.কে।

প্রীতম

(ফোন নামিয়ে রাখল)

হাঁ সিরাজ, কি বলছিলাম ... ও হ্যাঁ, পেট্রল জার আর সিলিন্ডার গুলো আমার বাড়িতে নিয়ে আসবে। আর, এ.টি.এম থেকে কিছু টাকা তুলে নিও। তোমার কাছে একটা ব্লাঙ্ক চেক্ আছে না?

সিরাজ

হাঁ, আছে।

প্রীতম

আমি মা'কে তোমাদের বাড়ি রেখে, বশির মিঞার বাগানে যাব। ইয়াসিন,

তুমি এখানেই থেকো। কাঠমিস্ত্রী আসার কথা আছে। তাকে সব কাজ বুঝিয়ে দেওয়া আছে। তুমি শুধু সংগে থাকবে।

EXT. – SIRAJ HOUSE- EVENING

প্রীতম তাঁর মা'কে বাইকের পিছনে বসিয়ে নিয়ে, সিরাজের বাড়ির দরজার সামনে গিয়ে থামল এবং তাকে ধরে নামিয়ে দিল।

সবিতা দেবী

আমার কিন্তু সারারাত ঘুম আসবে না – তোর চিন্তায়। যতক্ষণ না কাল সকালে তোকে দেখছি।

প্রীতম

ওঃ মা! আমার চিন্তায় শরীর খারাপ না করে, তাঁর চেয়ে বরং ভগবানের কাছে তোমার চিন্তা সঁপে দাও। আর প্রার্থনা করো আমি যেন জয়লাভ করতে পারি। আমি আসছি – তুমি ঘরে যাও।

প্রীতম মায়ের পা ছুঁয়ে প্রণাম করে ফির বাইকে স্টার্ট দিল।

INTERIOR-GAFUR MINYA'S GARDEN-HOUSE – EVE. 7:00 p.m.

প্রীতম বাইক নিয়ে গফুর মিঞার বাগানে ঢুকতেই শুনতে পেল, ছেলেদের একটা হাল্‌কা গুঞ্জন ধ্বনি। কাছে পৌঁছতেই দেখল, একদল ছেলে বাইরে বসে – আর ঘরে মোমবাতির হালকা আলোয় মেঝেয় বসে আর একদল এবং রজ্জাক ও গোলাম বেঞ্চে। প্রীতম বাইক থেকে নেমে ঘরে ঢুকে, রজ্জাক ও গোলাম-এর মাঝখানে বসল।

রজ্জাক

ভাইয়েরা, তোমরা সবাই একটু চুপ করে বসো। প্রীতমদা এসছে –

প্রীতম

আজ যারা হম্‌ এক মিশনের সদস্য হয়েছ, তাঁদের প্রত্যেককে জানাই অসংখ্য ধণ্যবাদ ও আন্তরিক ভালবাসা। তোমরা অবশ্যই শুনেছ, "হম্‌ এক" মিশন দেশের স্বার্থে ও দশের জন্য জীবন উৎসর্গ করবে। তোমরা প্রত্যেকে নিজের নিজের পরিচয় দিয়ে এ বিষয়ের উপর তোমার মন্তব্য পেশ কর।

ওরা এক এক করে উঠে দাঁড়িয়ে প্রত্যেকে নিজ নিজ বক্তব্য রাখল।

লতিফ

আমার নাম লতিফ। আমি সবকিছু শুনে নিয়ে নাম লিখিয়েছি। আমরা চেষ্টা করব, আর কোন ছেলে বা মেয়ে যাতে অপহরণ না হয়।

মজিদ

আমি মজিদ। আমিও সবকিছু শুনে নিয়ে নাম লিখিয়েছি। আর কোন বিস্ফোড়ণ যেন না হয়।

কবির

আমিকবির। আমিও সব কিছু শুনে নিজের ইচ্ছায় নাম লিখিয়েছি। আর একটা বিধবা গ্রামও যেন তৈরি না হয়।

প্রীতম

আল্লা ও ঈশ্বরের কাছে প্রার্থনা করি, তিনি যেন তোমাদের এই সব আশা পূর্ণ করেন। এখন অনুগ্রহ করে তোমরা একটু বাইরে গিয়ে বসো।

লতিফ

হাঁ-হাঁ। নিশ্চই নিশ্চই। এই সবাই বাইরে চলো।

এক এক করে সকলেই বাইরে গিয়ে বসলো।

প্রীতম

রজ্জাক ও গোলাম মন দিয়ে শোন, আমার সন্দেহ হচ্ছে - আজ রাতেই হয়ত জঙ্গিরা আমাদের বাড়িতে ঢুকতে পারে। সিরাজ ফাঁদ পাতার জন্য পেট্রল আর দড়ি আনতে গেছে। হাত বোমা যা আছে হয়ে যাবে। বাকিটা কি-ভাবে-কি করতে হবে, সিরাজ তোমাদের বলে দেবে। আমি চল্‌লাম। সবাই যেন ন'টার মধ্যে খেয়ে তৈরি হয়ে নেয়।

গোলাম

ও.কে.। সব ঠিক হয়ে যাবে।

INTERIOR-PRITAM'S HOUSE-NIGHT

প্রীতম ভ্যানি্রকশায় বসে বাড়ি ফিরল রাত দশটায়, সঙ্গে পেট্রল জার ও সিলিন্ডার গুলো নিয়ে। ইয়াসিন ঘর থেকে বেরিয়ে এসে ড্রাইভারের সঙ্গে মালগুলো ধরাধরি করে ঘরে নিয়ে গেল। বারান্দায় বসেছিল ঐ কাঠ মিস্ত্রী। প্রীতম তাঁর কাছে এগিয়ে গেল।

প্রীতম

তোমার কাজ হয়ে গেছে ?

কাঠমিস্ত্রী

হাঁ বাবু। এই সবে শেষ হলো। এই নিন রিমোট কণ্ট্রোল।

প্রীতম রিমোট-টা হাতে নিয়ে কয়েকবার দরজাটা ওপেন/ক্লোজ করে দেখল, দরজাটা ঠিক-ঠিক কাজ করছে কি না।

প্রীতম

ও.কে.। ঠিক আছে।

কাঠমিস্ত্রী

নমস্কার। আমি আসি বাবু।

সে চলে যেতেই প্রীতম ঘরে ঢুকল। তিন ঘরে তিনটি সিলিন্ডার রেখে, তার ওপর ২০ লিটারের একটি করে পেট্রল জার বসিয়ে রাখল। তৃতীয় ঘরে রয়েছে ছাদে উঠবার সিঁড়ি – সেই সিঁড়ির একেবারে উপরের ধাপে রাখলো ২০ লিটারের আর একটি পেট্রল জার। আর রেডি করে রাখলো ১টি দেশলাই, একটি স্ক্রু ড্রাইভার ও ১টি ছুরি। চেয়ারে বসলো প্রীতম। একটা সিগারেট ধরাল। ভাবতে লাগল ফাইনাল মুহূর্তে এই সম্পূর্ণ কাজটি নির্ভুল ভাবে ত্বরান্বিত করার।

সিরাজ এলো রাত সাড়ে-বারো টায় – গোটা তিনেক লিম্কার বোতল হাতে নিয়ে। একটা বোতল হাতে নিয়ে প্রীতম গলাটা খানিক ভিজিয়ে নিল।

প্রীতম

ওদিকের খবর কি সিরাজ?

সিরাজ

আমি সব ভালভাবে বুঝিয়ে দিয়ে এসছি, রজ্জাক ও গোলামকে। কখন – কি ভাবে – কি করতে হবে। আর তোমার বাড়ির চতুর্দিকে দেড় কিলোমিটার

এরিয়া জুড়ে, প্রতি একশ ফুট অন্তর গাছের উপর দশটি করে বোম নিয়ে দু জন করে ছেলে আমি সাজিয়ে রেখে এসছি। বলে এসেছি, কেউ যেন বিড়ি সিগারেট না খায়। আর থানায় একটা ইনফর্মও করে রেখেছি, প্রয়োজন পড়লে ফোন করবো।

প্রীতম

ও.কে – সব ঠিক আছে। এই নাও ধরো। এটা অপেন/ক্লোজ ডোর রিমোট।

সিরাজ (রিমোট হাতে নিয়ে)

এবার বলো আমায় কি করতে হবে।

প্রীতম

আগে একটা সিগারেট দাও। আর ইয়াসিন, তুমি গিয়ে যোগ দাও রজ্জাক ও গোলামের সাথে। সব সময় এলার্ট থেকো।

ইয়াসিন

ও.কে। আমি আসছি।

ইয়াসিন চলে গেল। সিরাজের কাছ থেকে উইলস'এর প্যাকেট-টা নিয়ে প্রীতম একটা সিগারেট ধরাল এবং বারান্দায় এসে দাঁড়াল। রাত তখন একটা বাজে। ঘন কুয়াশার চাদরে ঢেকে গেছে চতুর্দিক। মাঝে মাঝে কনকনে ঠান্ডার ঝোড়ো ছটা মারছে। রাস্তার বাতিগুলো যেন মোমবাতি। প্রীতম মাথার মাঙ্কি টুপিটা নামিয়ে কান ঢাকলো। জ্যাকেটের চেনটা টেনে দিল গলা পর্যন্ত।

প্রীতম

শোন সিরাজ, বারান্দায় এসো।

সিরাজ (বারান্দায় এসে)

হাঁ – বলো প্রীতমদা –

প্রীতম

ওরা আসছে এই খবর পেলেই আমি ঘরে ঢুকে যাব। তুমি দৌড়ে গিয়ে ফুল বাগানের ঐ ঝোপে শুয়ে পড়বে। ওরা ঘরে ঢুকে গেলে প্রথম ঘর ছেড়ে দ্বিতীয় ঘরে ঢুকতেই, তুমি রিমোটের ক্লোজ টিপে দরজাটা বন্ধ করে দেবে। ব্যস।

রাত দেড়টা। সহসা প্রীতমের মোবাইলে রিং বেজে উঠল ...

প্রীতম
(মোবাইল কানে ধরে)
হ্যালো –
রজ্জাক (ওপাশ থেকে)
আমি রজ্জাক বলছি। একটা বড় মারুতি কার পশ্চিমের রাস্তা ধরে তোমার বাড়ির দিকে এগিয়ে যাচ্ছে।
প্রীতম
ও.কে। ঐ গাড়িটা তিন মাথার মোড়ে এসে দাঁড়ালে, তোমরা তিন রাস্তাতেই ফাঁদ পেতে ফেলবে। খবরটা ইয়াসিন ও গোলামকে জানিয়ে দিও।

সহসা মোড়ের মাথায় একটা গাড়ি থামার আওয়াজ হলো। সিরাজ দৌড়ে গিয়ে ফুল বাগানের ঝোপে শুয়ে লুকিয়ে পড়ল। সংগে সংগে প্রীতমও ঘরে ঢুকল এবং দরজাটা ভেজিয়ে দিয়ে ডাসাটা আল্‌তো করে রাখল দরজার গায়ে। স্ক্রু ড্রাইভার দিয়ে পেট্রল জারগুলোর তলায় ফুটো করে, সিলিন্ডারের চাবিগুলি খুলে দিল। অতঃপর দৌঁড়ে গিয়ে ছাদে উঠে লুকিয়ে থেকে দেখল – মোড়ের মাথায় একটা গাড়ি দাঁড়িয়ে। তুরন্ত প্রীতম থানার ও.সি. সাহেবকে ফোন করল।

প্রীতম
হ্যালো স্যার, আমি প্রীতম বলছি। আমার বাড়ির কাছে টি.আর.সি. মোড়ে জঙ্গিদের একটা গাড়ি এসে থেমেছে। আপনি অনুগ্রহ করে হাজরাবল ও মা রোডের সংযোগ স্থলে এখনি কিছু ফোর্স পাঠান। অন্যদিকে আমার ছেলেরা আছে।
ও.সি.
ও.কে.। পাঁচ মিনিটের মধ্যেই ফোর্স পৌঁছে যাবে। ছাড়ছি এখন।

EXT.-MA ROAD, RESIDENCY & ABDULLAH BRIDGE – NIGHT 1:40

ইয়াসিন, রজ্জাক ও গোলাম, প্রত্যেকে কিছু কিছু সদস্য নিয়ে টি.আর.সি. মোড় থেকে প্রায় দেড় কিলোমিটার দূরে "মা রোড – রেসিডেন্সি রোড ও

আব্দুল্লা ব্রীজ রোডের উপর যুদ্ধকালিন তৎপরতার সঙ্গে ব্যারিকেড় তৈরি করতে শুরু করে দিল। ঐ তিন রাস্তাতেই এপার ওপার গাছের সঙ্গে তিনটি করে মোটা নাইলন দড়ি বাঁধল। প্রত্যেকটি দড়িতে ঝোলাল এক-বাদ–এক তিনটি করে বোম ও পাঁচ লিটারের তিনটি করে পেট্রল জার। কাজ হয়ে গেলে শেষে ওরা জারের ছিপিগুলি খুলে নিয়ে দৌড়ে চলে গেল কোন এক নিরাপদ স্থনে।

সাত জঙ্গিকে সংগে নিয়ে কে একজন চাদরে মুখ ঢেকে প্রীতমের বাড়ির গেটের কাছে এগিয়ে আসছে। টি.আর.সি. মোড়ে তিন জঙ্গি, তিন রাস্তার দিকে মুখ করে আগ্নেয়াস্ত্র হাতে গাড়ির কাছে দাঁড়িয়ে।

INTERIOR-PRITAM'S HOUSE-NIGHT – 1:50

ওরা গেট খুলে বাড়িতে ঢুকলো। প্রীতম দৌড়ে এসে বসল, উপরের সিঁড়িতে রাখা পেট্রল জারটির কাছে। সিরাজ দেখল – সাত জন কাল কাপড়ে মুখ ঢাকা, পায়ে বুট, গলাবন্ধ কাল জ্যাকেট, হাতে অত্যাধুনিক অস্ত্র। গট-গট করে হেঁটে বারান্দায় উঠে জোরে এক লাথি মারতেই – দড়াম করে দরজাটা খুলে গেল। প্রীতম সিঁড়িতে পেট্রল ঢেলে দিল জার উপুড় করে। একজনকে বাইরে পাহাড়ায় রেখে, ছয় জঙ্গি ঘরে ঢুকে পড়লো।

টর্চ জ্বেলে বৈঠকখানা পেরিয়ে দ্বিতীয় ঘরে ঢুকতেই সিরাজ রিমোট টিপে দরজাটা বন্ধ করে দিল। এরপর তৃতীয় ঘরে আসতেই প্রীতম দেশলাই কাঠি জ্বেলে ছুড়ে ফেল্‌ল সিঁড়িতে। দপ করে আগুন ছড়িয়ে পড়ল তিনটি ঘরেই। প্রীতম দ্রুত ছাদের দরজাটা বন্ধ করে লাফিয়ে পড়ল নীচে এবং খানিকটা দৌড়ে গিয়ে একটা গাছে উঠে বসলো। বুম – বুম – বুম আকাশ মাটি কাঁপিয়ে তিনটি সিলিন্ডার বার্স্ট করল বিকট শব্দে। দেয়াল ভেঙে দাউদাউ করে আগুনের গোলা ছুটে বেরিয়ে আসছে।

EXTERIOR-T.R.C. MORE-DEEP NIGHT

আর ঠিক তখনই টি.আর.সি মোড়ে, গাড়ি ও তিন জঙ্গিকে লক্ষ্য করে গাছের উপর থেকে অবিরাম বোমা বৃষ্টি চলতে থাকলো। তাঁরাও এক নাগাড়ে গুলি ছুড়তে শুরু করল। এক জঙ্গি ভীষণভাবে রক্তারক্তি হয়ে পড়লে, অপর দুই

জঙ্গি তাকে দ্রুত তুলে নিয়ে গিয়ে গাড়িতে উঠে পড়ল। পিছনে পুলিশের গাড়ি ছুটে আসতে দেখে, ড্রাইভার দ্রুত গাড়িতে স্টার্ট দিয়ে স্পীড অনেক বাড়িয়ে দিল। মারুতি ছুটতে লাগল শাঁ-শাঁ করে। একদিকে অনর্গল বোমা বৃষ্টি, অন্যদিকে নিশ্ছিদ্র ঘন কুয়াশা ও পিছনে পুলিশ ভ্যানের তাড়ায় – ড্রাইভার কিংকর্তব্যবিমূঢ়।

সহসা মারুতি গাড়িটা রাস্তার এপার-ওপার টানা দেওয়া তিনখানা মোটা নাইলন দড়িতে ধাক্কা মারতেই - ৯টি বোমা ফেটে ও ৪৫ লিটার পেট্রল ছিটকে, গাড়িতে আগুন লেগে কাত হয়ে উলটে পড়ল হাই ড্রেনের উপর। দরজা খুলে বেরতেও পারেনি কেউ। বাইরে-ভিতরে পুরো গাড়িটা তখন দাউদাউ করে জ্বলছে। ড্রাইভার দরজা খুলে বেরতে যাবে, অমনি গাড়িটা বু-উ-ম করে বার্স্ট হয়ে, তাঁদের দেহগুলি ছিন্ন-ভিন্ন হয়ে ছিটকে পড়ল চতুর্দিকে – আগুনে জ্বলতে জ্বলতে।

একজন এস.আই ও জনা পাঁচেক পুলিশ গাড়িটাকে ঘিরে রাখল। এখন সব শান্ত। গুলি বোমার আওয়াজ আর নেই। ধীরে ধীরে পাবলিকের ভিড় বাড়তে শুরু করেছে। “হম্ এক” মিশনের ছেলেরাও সব এসে গেছে।

প্রীতম

(সদস্যদের আদেশ করল)

কোন পাবলিক যেন কাছে ঘেঁষতে না পারে। বেরিকেড করে রাখ। আর জনা পঞ্চাশ চলে যাও আমার বাড়ির চারপাশে।

কয়েকজন সদস্য মিলে, কোমরে দড়ি বেঁধে টানতে-টানতে প্রীতমের সামনে এনে হাজির করল একটি ছেলেকে।

মজিদ

এই সেই শয়তান, প্রীতমদা। যে জঙ্গিদের সংগে করে নিয়ে এসে তোমাদের বাড়ি পৌঁছে দিয়েছিল।

পাবলিক

ওকে তুলে দিন আমাদের হাতে। আমরাই এই শয়তান-টার শাস্তি -

প্রীতম
(দৃঢ় কণ্ঠে বল্‌ল)
না। ও আমাদের প্রমাণ। সরকার প্রমাণ চাইবে। ইয়াসিন, তুমি ওকে তিন মাথার মোড়ে গাছের সঙ্গে বেঁধে রাখ।

সিরাজ ও রজ্জাক, বাড়ির বাগান থেকে তুলে নিয়ে এল ভীষণ ভাবে আহত এক জঙ্গিকে। হাঁটুর নিচ থেকে তাঁর একটা পা নেই, রক্ত ঝরছে অনর্গল, পিঠের খানিকটা অংশ আগুনে পুড়ে ঝলসে গেছে। তাকেও বসিয়ে রাখলো ঐ শয়তানটার পাশে।

ফায়ার ব্রিগেডের তিনটি গাড়ি এসে ব্যস্ত হয়ে পড়ল আগুন নেভাতে। ভোর-ভোর হয়ে এলো। প্রায় পাঁচটা বাজে। একে-একে থানার ও.সি, মিলিটারী, প্রতিরক্ষা মন্ত্রী ও সাংবাদিকরা এসে ভিড়ে ছেয়ে ফেলল। প্রীতম ও সিরাজ – ও.সি. ও কর্নেল সাহেবের সামনে এসে স্যালুট জানাল।

সিরাজ
স্যার, এখানে যে দু'জন বাঁধা আছে – এদের একজন স্পাই, কাশ্মীরের-ই বাসিন্দা। অপরজন জঙ্গি। এর মেশিনগানটি বাড়ির ভিতর বাগানে পড়ে আছে।

ও.সি. সাহেব দু'জন পুলিশকে নিয়ে দ্রুত প্রীতমের বাড়ি চলে গেল।

কর্নেল সাহেব
সে কোথায়? যার বাড়িতে জঙ্গিরা ঢুকেছিল।
প্রীতম (এক পা এগিয়ে)
এই যে আমি। আমার বাড়িতে জঙ্গিরা ঢুকেছিল।
কর্নেল সাহেব
ওরা দলে কতজন ছিল?
প্রীতম
বারো জন। দশ জঙ্গি, এক স্পাই ও এক ড্রাইভার।

এক সাংবাদিক ক্যামেরা তুলে ধরতেই, প্রীতম দু'হাতে মুখ ঢাকলো।

প্রীতম (চেঁচিয়ে বল্‌ল)
আমার ফটো তুলতে নিষেধ করুন কর্নেল সাহেব।
কর্নেল সাহেব
আমি সমস্ত পাব্‌লিক ও ক্যামেরা সাংবাদিক'দের বলছি, কেউ ওর ফটো তুলবেন না এবং ওকে ডিস্টার্ব করবেন না। এটা আমার অর্ডার।
প্রতিরক্ষা মন্ত্রী
তোমার নাম কি? তুমি কি ভাবে এর মোকাবিলা করলে?
প্রীতম
এখন নাম বলবো না, পরে। আর এই কাজে আমি একা নই। আমরা সবাই।

কয়েকজন পাবলিক হুড়োহুড়ি করে সামনে এগিয়ে এলো।

শফিক আলি
এটা "হম্‌ এক" সংগঠনের কাজ।
প্রতিরক্ষা মন্ত্রী (ভ্রূ কুঁচকে উঠল)
হম্‌ এক! সেটা আবার কি? এ নাম তো কখনো শুনি নি।
পাবলিক
(অনেকে হাত তুললো)
হাঁ-হাঁ, হম্‌ এক। আমরা সবাই। হম্‌ সব এক হ্যায়। We are all in One.
করিম মোল্লা
(বুক ফুলিয়ে বললো)
হম্‌ এক হলো আমাদের সংস্থার নাম।

অমনি আকাশে-বাতাসে একটা মৃদু গুঞ্জন ধ্বনি উঠল।

হম্‌ এক, হম্‌ এক, হম্‌ এক -
হম্‌ এক, হম্‌ এক, হম্‌ এক -
হম্‌ এক, হম্‌ এক, হম্‌ এক।

ওরা পাঁচ বন্ধু হাতে হাতে ধরে গাইতে লাগল –

আমরা প্রতিঘাত হান্‌ব –
সন্ত্রাসের'ই শিরদাড়াটা ভাঙব,
ঘাঁটিগুলো সব গুঁড়িয়ে দিয়ে
ধ্বংস করে দেব।
আমরা প্রতিঘাত হান্‌ব – (৩)
আমরা প্রতিঘাত হান্‌ব – ই।

প্রীতম
(দৃঢ় কন্ঠে বল্‌ল)
আমি জোর দিয়ে বলবো – এই জয় কাশ্মীরবাসী'র জয়। তাঁদের সাহায্য আর হম্ এক মিশনের সদস্যদের প্রাণ-পণ চেষ্টার ফসল, এই জয়। আমি তাঁদের অনেক অনেক ধণ্যবাদ জানাচ্ছি। আশাকরি, আগামী দিনেও তাঁরা এইভাবে আমাদের সাহায্য করে, আমাদেরকে – আমাদের লক্ষ্যে পৌঁছে দেবে। জীবন যুদ্ধে যখন নেমেছি – তখন, হয় জয় - নয় মৃত্যু। যুদ্ধক্ষেত্র থেকে পালিয়ে আসব না।

প্রতিরক্ষা মন্ত্রী এই কথা শুনতে-শুনতে অবাক হয়ে গেলেন। ক্ষণিক স্তব্ধ। সকলেই নিরব। চোখের কোণে জল চলে এলো তাঁর। হাসতে হাসতে এগিয়ে এসে প্রীতমকে জড়িয়ে ধরে আদর করলেন।

প্রতিরক্ষা মন্ত্রী (আশ্চর্য হলেন)
আমি ভাবতে পারছি না, এমন একটা জুয়েল ছেলে জন্মেছে আমাদের দেশে! তুমি সাধারন ছেলে নও। তুমি কাশ্মীরের হীরের টুকরো আর ভারতের "গোল্ডেন বয়"। আমি আপ্লুত। তুমিই হলে ভারত মাতার আসল সন্তান। আর শোন, আগামী রবিবার তোমরা সবাই আমার বাংলোয় যাবে।

কর্নেল
আমি নিতে আসবো সকাল দশটায়। তোমরা তৈরি থেকো।

প্রীতম
ধণ্যবাদ স্যার।

INTERIOR – INSTITUTE – IIT - DELHI

পরদিন সকালে কলেজ গবেষণাগারে ওদের দেখা গেল, চিপ্‌স, ক্যামেরা ও

সফটওয়্যার নিয়ে পরীক্ষা-নিরীক্ষা করতে। টেবিলের উপর রয়েছে কয়েকটা Jangi Rat ও Butterfly. প্রফেসর রাঠোর সাহেব মাঝে মাঝে ওদের হাতে কলমে সব দেখিয়ে দিচ্ছেন।

রাঠোর সাহেব
গতকাল তোমরা আসনি কেন? কোথাও গিয়েছিলে না-কি?
প্রীতম
না স্যার। কেন, গতকালের পেপার পড়েন নি?
রাঠোর সাহেব (অবাক হয়ে)
না! তোমাদের এই কাজের যা চাপ, তাতে আমি আর অন্য কিছু ভাববার সময়ই পাই না। কেন কি হয়েছিল?
প্রীতম
গত পরশু রাত দেড়টায় জঙ্গিরা আমার বাড়ি Attack করেছিল .... তাতে ১০ জন জঙ্গি আগুনে ঝলসে মারা যায়। ২ জন উইনডেড।

রাঠোর সাহেব (হেসে বল্‌লেন)
সুপার-সুপার। ইউ আর সুপ্রীম। তোমার সাহসিকতার তারিফ না করে পারছি না। তুমিই পারবে বয় তুমিই পারবে। ধণ্যবাদ তোমাকে ও তোমাদের সকলকে। শোন প্রীতম, তোমাদের যদি কোন কাজে আমার প্রয়োজন হয় তবে নিঃসংকোচে আমাকে বলবে। আমি আমার শত কাজ ফেলেও তোমাদের কাজ করবো।
প্রীতম
ধণ্যবাদ স্যার।

INTERIOR – DEF. MINISTER BANGLO – DAY

রবিবার। সকাল দশটা। আগে পিছে চারটি গাড়ির কনভয়ে ওরা পাঁচ বন্ধু পৌঁছল প্রতিরক্ষা মন্ত্রীর বাংলোয়। সাংবাদিকরা অনেক আগেই এসে ভিড় করে দাঁড়িয়ে ছিল। ওদের গাড়ি এসে থামতেই তাঁরা ঘিরে দাঁড়াল। কর্নেল সাহেব গাড়ি থেকে নামলেন।

কর্নেল সাহেব

হটো – হটো। সব সামনে থেকে হটো। একটা ফটোও কেউ তুলবে না।

সৈনিকেরা সব ফটোগ্রাফারদের গার্ড করে রাখল। পাঁচ বন্ধু গাড়ি থেকে নেমে মন্ত্রীর অফিস ঘরে গিয়ে বসলো। অপরদিকে ওদের মুখোমুখি বসলেন – প্রতিরক্ষা মন্ত্রী, মুখ্যমন্ত্রী, ও কর্নেল সাহেব। প্রতিরক্ষা মন্ত্রী এক এক করে ওদের হাতে তুলে দিলেন পাঁচটি ফুলের তোড়া।

প্রতিরক্ষা মন্ত্রী
তোমাদের শুভেচ্ছা ও দীর্ঘায়ু কামনা করছি। সরকারের তরফ থেকে জানাচ্ছি অসংখ্য ধণ্যবাদ। তোমরা আমার দেশের গর্ব – গোল্ডেন বয়। ঈশ্বরের কাছে প্রার্থনা করি, তোমাদের মতো আরও অনেক ছেলে জন্মাক এই দেশে – দেশকে সংকট মুক্ত করুক।

মুখ্যমন্ত্রী
আমি ভাবতেই পারছি না, তোমাদের মতো এমন হীরের টুকরো ছেলে আমার কাশ্মীরেই রয়েছে! আমি অবাক! প্রশংসা করার মতো কোন ভাষা খুঁজে পাচ্ছি না। তোমাদের কখনো কোন সাহায্যের দরকার হলে আমাকে জানিও।

কর্নেল সাহেব
এবার তুমি কিছু বলো প্রীতম। তোমার বক্তব্যের মূল্য আমদের কাছে অনেক।

প্রীতম (উঠে দাঁড়াল)
হাঁ। আমি বল্তে চাই, আমরা কি বার-বার অন্য দেশের আশ্রিত জঙ্গিদের হামলার শিকার হবো? আর প্রাণ দেব হাজার-হাজার। পালহাল্লান নামে আমাদের একটি গ্রামের নাম পাল্টে এখন হয়েছে বিধবা গ্রাম। আরও কত প্রাণ ছিনিয়ে নেবে ঐ জঙ্গি বাহিনী।

২৬/১১ মুম্বাই কান্ডে কম লোক মারা যায় নি। পুলিশ, মিলিটারি কত করবে? আর নিশ্ছিদ্র পাহারা ... সম্ভব নয়। ঐ বর্বরগুলো শুধু একটাই শিখেছে – প্রাণ ছিনিয়ে নেওয়া। আর অন্যের দেশ দখল করে, সর্বত্র ওদের

শরিয়তী আইন চালু করা। এ আর হবে না। আমিও চাই পালটা দলবল নিয়ে, ওদের-ই দেখানো পথে – ঐ দেশে ঢুকে গিয়ে - ঘাঁটি সহ ওদের ধ্বংস করে দিতে। ওদের শিকড়গুলি উপড়ে ফেলতে, যাতে আর ডালপালা গজাতে না পারে।

প্রতিরক্ষা মন্ত্রী

কিন্তু ...

প্রীতম

না, আর কিন্তু নয়। এখানে মরার মত বেঁচে থাকার অর্থ, ওদের হাতে প্রাণটা তুলে দেয়া। আমার শুধু টাকার দরকার। টাকা পেলে আমি পরিকল্পনা মাফিক কাজে হাত দিতে পারব।

প্রতিরক্ষা মন্ত্রী

কত টাকার দরকার?

প্রীতম

খরচ চার কোটি। তবে তিন কোটি হলে কাজ হয়ে যাবে।

প্রতিরক্ষা মন্ত্রী (চক্ষু চড়ক)

তিন কোটি! মানে তিনশ লাখ। ...

প্রীতম

(তথ্য দিতে উদগ্রীব হলো)

ওরা এ পর্যন্ত যত লোকের প্রাণ নিয়েছে, আর সম্পত্তি যা ধ্বংস করেছে – আগামী দিনে আরও বড় বড় বিস্ফোড়ণ ঘটিয়ে হাজার হাজার কোটি টাকা ধ্বংস করবে – তাঁর কাছে তো এ কিছুই নয়।

প্রতিরক্ষা মন্ত্রী ও কর্নেল সাহেব উঠে গিয়ে জানালার সামনে দাঁড়াল এবং দু'জনে ক্ষণিক কিছু কথা-বার্তা সেরে, আবার চেয়ারে এসে বসলো।

প্রতিরক্ষা মন্ত্রী

বেশ, তাই হবে। তবে টাকাটা তুমি পাবে কর্নেলের কাছ থেকে।

প্রীতম

ধণ্যবাদ। অনেক অনেক ধণ্যবাদ স্যার। আজ আমরা আসি তাহলে-

প্রতিরক্ষা মন্ত্রী একটা প্যাকেট, টেবিল থেকে তুলে ওর হাতে দিতে উদ্যত

হলো।

প্রীতম
এতে কি আছে স্যার।
প্রতিরক্ষা মন্ত্রী
তোমাদের জন্য সামান্য কিছু উপহার। পাঁচটি রুপোর থালা, পাঁচটি গোল্ড কয়েন আর কুড়ি লাখ টাকার একটি চেক্।

প্রীতম (জোড়হাতে)
এগুলো এখন রেখে দিন স্যার। রাগ করবেন না, প্লীজ। যেদিন আমরা আমাদের লক্ষ্য পূরণ করতে পারব, সেদিন আমরা হাত পেতে এ পুরস্কার নেব। আজ আমরা আসি।

EXTERIOR-LADAKH HWY. - TRC MORE – 3:00 p.m.

কর্নেল সাহেব আবার সেই একই ভাবে আগে-পিছে চারটি গাড়ির কনভয়ে ওদের নিয়ে এসে থামল ঐ টি.আর.সি. মোড়ে । সেখানে তখন মানুষের ভিড় উপ্‌চে পড়েছে। ওরা ট্যাক্সি থেকে নামতেই – মানুষ ওদের ঘিরে স্লোগানে মুখর তুললো ।

"গোল্ডেন বয় / যুগ যুগ জিঁয়ো / ডায়মন্ড বয় / যুগ যুগ জিঁয়ো" – মেয়েরা সব সাজগোজ করে ওদের সামনে এলো, হাতে ফুল, মালা ও মিষ্টির থালা নিয়ে। ওদের গলায় মালা পরিয়ে, কপালে লাল তিলক এঁকে – জল মিষ্টি খাওয়াল প্রত্যেক'কে। প্রিয়া, প্রীতমকে মালা, তিলক পরিয়ে হাসতে-হাসতে গাল টিপে ধরলো।

প্রিয়া
ও আমার ডায়মন্ড বয় রে – আমার গোল্ডেন বয়।

রাশি রাশি ফুলের পাপড়ি উড়ে এসে পড়তে লাগল ওদের মাথায়। মুহুর্মুহু শঙ্খ-ধ্বনিতে আকাশ-বাতাস মুখরিত। মেয়েরা সবাই ওদের ঘিরে নেচে নেচে গাইতে লাগলো –

তুমি বেঁচে থাকো হাজার বছর ধরে আমাদেরই কাছে –
দোয়া মাঙ্গি তাই আমরা সবাই আল্লারই কাছে।
ও আমার গোল্ডেন বয় রে – ও আমার ডায়মন্ড বয়
ও আমার ডায়মন্ড বয় রে – ও আমার গোল্ডেন বয়, (কোরাস)
ও আমার ডায়মন্ড বয় রে -- ও আমার গোল্ডেন বয়। (কোরাস)
স্বজন হারাদের মুক্তিদাতা তুমি যে ওদের বিষাদের আকাশে –
তাই চাই তোমাকেই জনমে জনমে আমাদেরই কাছে।
ও আমার গোল্ডেন বয় রে – ও আমার ডায়মন্ড বয়, (কোরাস)
ও আমার ডায়মন্ড বয় রে -- ও আমার গোল্ডেন বয়। (কোরাস)
আমরা সবাই কথা দিলাম এই থাকব সদাই তোমারই পাশে
তাই চাই তোমাকেই জনমে জনমে আমাদেরই কাছে।
ও আমার গোল্ডেন বয় রে – ও আমার ডায়মন্ড বয়, (কোরাস)
ও আমার ডায়মন্ড বয় রে -- ও আমার গোল্ডেন বয়। (কোরাস)

EXTERIOR-RESIDENCY-LADAKH HWY-ROAD-DAY

পরদিন সকাল ন'টায় ওরা বেরিয়ে পড়ল, ছোট ছোট দলে ভাগ হয়ে। পাড়ায়-পাড়ায়, ঘরে-ঘরে, দোকানে-দোকানে ও পথ চলতি মানুষের কাছে – যে যা সাহায্য দেয়। অন্তত গোটা কুড়ি দলে ভাগ হয়ে, ওরা ছড়িয়ে পড়ল শহরের বিভিন্ন দিকে – ব্যানার হাতে।

*** "আপনাদের ভালোবাসাই**
আমাদের মূলশক্তি"
*** "সন্ত্রাসের বিরুদ্ধে**
মুক্ত হস্তে
দান করুন"
*** "আতঙ্কের হাত থেকে**
মুক্তি পেতে
মুক্ত হস্তে দান করুন"

প্রীতম ও সিরাজ বাইকে চেপে গেল বড় বড় ব্যাবসায়ীদের কাছে।

INTERIOR-AALAM SUPER MARKET – 9:30 a.m.

প্রথমেই ওরা ঢুকলো "শাঁ এন্টারপ্রাইজ''-এ। বাইক ও মারুতি গাড়ির ব্যাবসা। শো-রুমে ঢুকে ম্যানেজার এর সামনে গিয়ে দাড়াল।

প্রীতম

কুমার বাবু এসছে?

ম্যানেজার

হাঁ। পর্দা সরিয়ে যান – ভিতরেই আছেন।

ওরা পর্দা সরিয়ে ভিতরে ঢুকতেই, কুমার বাবু আধ-শোয়া থেকে ধড়ফড় করে উঠে বসলেন এবং রিমোট টিপে টি.ভি-টা বন্ধ করে দিলেন।

কুমার শাঁ (হাসতে-হাসতে)

আসুন আসুন প্রীতম বাবু। বসুন। কি আনাবো, চা না কফি?

প্রীতম

না, ধন্যবাদ। অন্যদিন। আজ আমার তাড়া আছে।

কুমার শাঁ

দিন কয়েক আগে, আমি দিল্লীতে বসে পেপারে যা পড়লাম, এ তো সাংঘাতিক! ১০ জন টেরোরিস্ট ডেড় ও ২ জন উইনডেড়। কিন্তু পেপারে তো কোথাও তোমার নাম বা ছবি দেখলাম না।

প্রীতম (হাসলো)

আমার নাম বা ছবি তখনি প্রকাশ পাবে, যখন আমরা ওদের ঘাঁটি সহ ওদেরকে গুড়িঁয়ে ধ্বংস করতে পারব। তখন -

কুমার শাঁ

অবশ্যই তুমি পারবে। আমি আশীর্বাদ করছি, তোমার প্রতিজ্ঞা পূর্ণ হোক। তোমার মতো এমন সৎ ও সাহসী ছেলে, আমি আগে কখনো দেখিনি।

প্রীতম

প্লীজ, আমাকে লজ্জা দেবেন না। আগে সম্পূর্ণ কাজটা করি তারপর যা হয় বলে্বন।

কুমার শাঁ

তারপর ওদিকের কাজ কতটা এগোল ?

প্রীতম

বাকিটা জোগাড় হয়ে গেছে, এখন আপনারটা পেলেই কাজে হাত দিতে পারবো।

কুমার শাঁ
হাঁ-হাঁ, আমি এক্ষুণি দিচ্ছি। যাতে কাজটা তুমি তাড়াতাড়ি করতে পার।

কুমার শাঁ এক কোটি টাকার একটা চেক্ লিখে ওর হাতে দিলেন।

কুমার শাঁ
ভগবানের কাছে প্রার্থনা করি, তোমার কাজ সাকসেসফুল হোক ।
প্রীতম
নমস্কার। আজ চলি। পরে দেখা হবে।

সেখান থেকে বেরিয়ে এসে, পাশের বড় কাপড়ের দোকানটায় ঢুকতেই – দোকানের এক কর্মচারী 'নিজাম হক' কাছে এগিয়ে এলো।
নিজাম হক
একটা গোপনীয় কথা আছে প্রীতম বাবু। আমার ঘরে চলুন।

পাশের সরু গলি পথে গিয়ে, ছোট্ট একটা ঘরে ঢুকে খাটিয়ায় বসলো ওরা।

প্রীতম
বলো নিজাম –
নিজাম হক
আজ সকাল দশটায়, ইঁয়া লম্বা-চওড়া আফগান পোষাক পরা একটা লোক, ওপারের ঐ হোটেলের সামনে দাঁড়িয়ে কাবাব খাচ্ছিল। ১০/১২ বছরের একদল ছাত্র স্কুলে যাচ্ছিল – তাঁদের মধ্যে একজনকে ডেকে সে কি বলছিল, শুনতে পাই নি। ওকে হাতের প্লেট-টা দেখিয়ে সে জিজ্ঞেস করেছিল, খাবে? কিন্তু ও খায় নি। তারপর ১০০ টাকার একটা নোট ওর হাতে দিল এবং হাত তুলে পশ্চিমের ঐ রাস্তার দিকে কি দেখাল। শুধু এই কথাগুলো শুনেছিলাম, ছাত্রটি যেতে যেতে বলেছিল – বিকেল ৪ টায়, স্কুল ছুটির পর। ওর নাম ... সম্ভবত রসুল।

প্রীতম (ভ্রু কুঁচকে)
কোনদিকে বললে, পশ্চিম দিকে?

নিজাম হক
হ্যাঁ।

EXTERIOR – WEST MA ROAD –AFTERNOON- 3 p.m

বিকেল সাড়ে-তিনটা। প্রীতম ও সিরাজ বাইকে চেপে যাচ্ছে পশ্চিমের ঐ চড়াই পথে ধীরে-ধীরে, কিছু একটা খুঁজতে-খুঁজতে।

সিরাজ
সেই আফগান লোকটি নিশানা তো অবশ্য কিছু একটা দিয়ে থাকবে। নয়ত ছাত্রটি কোথায় এসে ওর সাথে দেখা করবে।
প্রীতম
তা ঠিক। ছাত্রটি কোথায় এসে দেখা করবে। ঐ দেখ সিরাজ, বাঁ দিকের ঐ নেড়া গাছটা দেখ – একটা কালো কাপড় ঝুলছে।
সিরাজ
ঠিক। এটাই কি তা হলে সেই নিশানা? চারদিকে কোথাও তো আর কোন চিহ্ন নেই।

প্রীতম বাইকটাকে নিয়ে গিয়ে এক টিলার পিছনে আড়াল করে রাখল এবং নিজেরাও লুকিয়ে রইল। ওরা দেখল, দূর থেকে দৌড়তে দৌড়তে আসছে একটি ছাত্র। পিঠে তাঁর স্কুল ব্যাগ। বছর দশ-বার হবে। এই গাছটির সামনে এসে, উপরে কালো কাপড় ঝুলতে দেখে সে বসে পড়ল গাছটির নিচে – একটা পাথরের চাঁইয়ের উপর। চুপচাপ।

সহসা বাইকের ভট্-ভট্ আওয়াজ শুনে সে উঠে দাঁড়াল। দূরে ঐ চড়াই পথের উপর থেকে কে একজন আসছে। বাইকটা এসে ঐ ছাত্রটির সামনেই দাঁড়াল।
প্রীতম (মনে মনে)
সেই আফগান পোষাক ...সেই দাড়ি...সেই লম্বা-চওড়া ফিগার। একটা দামি ব্যাট ও বল ছাত্রটিকে দিলেন তিনি। আর দিলেন একটা ভারী নাইলন ব্যাগ ও একটি খাম – সেই সংগে ১০০ টাকার খান কয়েক নোট।

হিব্বান

এই ব্যাগ ও খামটি অতি অবশ্য এখনি পৌঁছে দেবে।
রসুল
আবার কবে দেখা হবে ?
হিব্বান
তোমার স্কুল যাওয়া আসার পথে, আমি তোমাকে ডেকে নেবো।

আগন্তুক আবার চলে গেল ঐ চড়াই পথেই। ছাত্রটি হাঁটতে শুরু করলে, ওরাও তাকে অনুসরণ করতে লাগল – একটু দূরত্ব বজায় রেখে। মোড়ের মাথায় ঐ হোটেলটি পার হয়ে একটা গলিতে ঢুকে পড়ল সে। ওরা বাইকেই দাঁড়িয়ে রইল লাদাখ হাই-ওয়ে রোডের উপর। সম্ভবতঃ স্কুলের ব্যাগ ও ব্যাট-বলটি বাড়িতে রাখতে গেছে। প্রায় সঙ্গে-সঙ্গেই সে ঐ নাইলন ব্যাগটি হাতে নিয়ে দৌড়তে-দৌড়তে এসে বড় রাস্তায় উঠল এবং তাড়িতাড়ি হাঁটতে লাগল। বেশ খানিকটা পথ গিয়ে হঠাৎ - ঘাড় ঘুরিয়ে পিছনে একবার তাকাল সে।

রসুল (মনে মনে)
কেউ দেখে ফেলেনি তো! না, কাউকে দেখছি না তো!

একটু দাঁড়িয়ে স্বস্তির নিঃশ্বাস নিল সে। তারপর আবার হাঁটতে লাগল নির্ভয়ে নিশ্চিন্তে। মিনিট পাঁচ-সাত পর, সহসা তাঁর সামনে এসে পথ আগে্ল দাঁড়াল প্রীতমের বাইক।
প্রীতম
কোথায় যাচ্ছ রসুল ?
রসুল (চমে্ক উঠল)
কেন-কেন ?
প্রীতম
না – মানে বলছিলাম, কোথায় যাচ্ছ একা একা। ভয় করছে না ?
রসুল
কিসের ভয় ?
প্রীতম
দেখ সিরাজ, এইটুকু একটা ছেলে শেষ বিকেলে একা একা হাইওয়ে দিয়ে যাচ্ছে, একটু পরেই সন্ধ্যা নামবে ... ভয় নেই। তোমার ঐ ব্যাগটায় কি

আছে ?

রসুল

(তোতলাতে লাগল)

ক-ক-ক-ক-কই। কিছু না-তো।

প্রীতম

দাও বলি্ছ ব্যাগটা দাও। ও – তুমি দেবে না তা-হলে ? সিরাজ –

সিরাজ বাইক থেকে নেমে, জোর করে ব্যাগটা তাঁর হাত থেকে কেঁড়ে নিয়ে প্রীতমের হাতে দিল। প্রীতম দেখল, ভিতরে প্লাস্টিক সিল করা বড় একটা পাউডারের প্যাকেট – পাঁচ-ছ কে.জি. হবে। আর - সিল করা একটা থাম।

প্রীতম

সিরাজ, এক্ষুণি একটু জল আর একটা ফেভি গাম্ নিয়ে এসো।

সিরাজ বাইক নিয়ে চলে গেল তুরন্ত।

প্রীতম

তোমার নাম কি ? কোন্ ক্লাশে পড় ?

রসুল

আমার নাম – মহম্মদ রসুল। ক্লাশ ফাইবে পড়ি।

প্রীতম

বাবা কি করেন ?

রসুল

বাবা হোটেলে কাজ করেন।

প্রীতম

ভাল ছেলে – গুড বয়। আচ্ছা - বলতো সোনা, তোমাকে ঐ লোকটা কত টাকা দিয়েছে ?

রসুল

৭০০ টাকা। বাড়িতে রেখে এসছি।

প্রীতম

তোমার মা-বাবা জানে ?

ছাত্রটি চুপ করে রইল।

প্রীতম

আমি যদি তোমার মা-বাবাকে বলে দিই।

প্রীতমের পা'দুটো বুকে জড়িয়ে ধরে কাঁদতে লাগল সে –

রসুল

না, আপনি বল্‌বেন না। তা-হলে বাবা আমাকে খুব মারবে। আপনি

প্রীতম

(ওর হাত ধরে তুললো)

আচ্ছা বাবা বলবো না, কথা দিলাম। কিন্তু পুলিশ জানতে পারলে তো তোমার হাড়-গোড় ভেঙে, সারা জীবনের জন্য জেলে ঢুকিয়ে দেবে। কিন্তু তোমার কিছুই হবে না। না বলবো পুলিশকে, না বলবো তোমার বাবা-মাকে। যদি আমার কথা শোন।

রসুল

কি কথা ?

এমন সময়ে সিরাজ এসে পড়ল। বাইক থেকে নেমে জলের বোতল আর ফেভি গামের টিউবটা, ওর হাতে দিল। প্রীতম জলে ভিজিয়ে খামটা খুলে ফেলল। বার করলো ভিতর থেকে ভাঁজ করা একটা চিঠি। তাতে লেখা –

H--XIIIM--IID--D IIIRIIF--TIID IIID--F--P--QR--T

এই কোড়গুলি প্রীতম একটা কাগজে লিখে নিল এবং অরিজিনাল চিঠি-টা খামে ভরে আঠা লাগিয়ে আবার ছাত্রটির ব্যাগে ঢুকিয়ে দিল।

প্রীতম

যা বলছি মন দিয়ে শোন। (১) যেতে যেতে পিছনে তাকাবে না। (২) তোমার সঙ্গে আমাদের দেখা, কথা-বার্তা, খাম খোলা, এগুলি কাউকে বলবে না। বললে ... তোমার বাবাকে, আর পুলিশকে ...

রসুল

(ভয়ে থরহরি কম্প)

না-না! আমি কাউকে বলবো না - কথা দিলাম! এই আমি কানে ধরছি! আমি যাই এখন –

প্রীতম

যাও। কথাটা মনে রেখো। যদি বলেছ ...

ছাত্রটি মাথা নিচু করে খানিকটা পথ এগিয়ে, বাঁ দিকের খোয়া ফেলা এবড়ো-খেবড়ো রাস্তা ধরে হেঁটে চল্‌ল। গ্রাম ছাড়িয়ে মাঠ – সেই মাঠ পেরিয়ে সে পৌঁছাল, পাহাড়ের নিচে একটা বাড়ির সামনে। ইটের দেয়াল, উপরে এশবেস্‌টাস ও টিনের দরজা। সিরাজ ও প্রীতম ওর পিছন পিছন এসে, মাঠের এপারে একটা বাড়ির আড়ালে দাঁড়িয়ে সব লক্ষ্য করতে লাগল। ছাত্রটি গেট্‌ খুলে উঠোন পেরিয়ে ঘরের দরজার সামনে দাঁড়াতেই, এক বৃদ্ধ দরজা খুলে বেরিয়ে এলো এবং ওকে ভিতরে নিয়ে গিয়ে দরজা বন্ধ করে দিল।

প্রীতম

ওটা কার বাড়ি জানো সিরাজ?

সিরাজ

না।

প্রীতম

ওটা হাসান মোল্লার বাড়ি। ভীষণ চুল্লু খোর। সারাদিন চুল্লু খেয়ে পড়ে থাকতো, কাজে ঠিক মতো যেতো না। এই নিয়ে বাড়িতে রোজ অশান্তি ছিল। ছেলে-বউ মার-ধোর করে তাকে বাড়ি থেকে তাড়িয়ে দিয়েছে। তাঁর ছেলে তো আমাদের দলেই আছে।

সিরাজ

কি নাম ?

প্রীতম

ফারহান মোল্লা।

সিরাজ

ঐ বেরিয়ে আসছে ছাত্রটি। দেখ, এবার কিন্তু মাঝ বয়সের অন্য একটি লোক।

ছাত্রটি উঠোনের গেট খুলে বেরিয়ে আসতেই, ঐ লোকটি ঘরে ঢুকে আবার দরজা বন্ধ করে দিলেন। ওরা বাইক নিয়ে ফিরে এলো আবার লাদাখ হাই-ওয়ে রোডে এবং অপেক্ষা করতে লাগল ঐ ছাত্রটির জন্য। তখন সন্ধ্যা হয় হয়। রাস্তার ভ্যাপার ল্যাম্পগুলো সব জ্বলে উঠেছে। একটু পরে ঐ ছাত্রটি

কাছে আসতেই – ওরা ওকে বাইকের মাঝখানে বসিয়ে, সোজা চলে এলো সিরাজের বাড়ি।

INTERIOR – SIRAJ'S HOUSE – EVENING –

ঘরে ঢুকে মেঝেয় মাদুর পেতে বসল ওরা। অতঃপর রসুলকে জিজ্ঞেস করল –

প্রীতম

ঘরে ঢুকে গেলি, তারপর কি হলো ?

রসুল

ব্যাগটি দাদুর হাতে দিতেই – পাশেই দাঁড়িয়ে ছিল আর একটি লোক, সে ছোঁ মেরে দাদুর হাত থেকে ব্যাগটি ছিনিয়ে নিলো।

প্রীতম

তারপর ?

রসুল

দাদু আমাকে বললো থাকতে। মাংস আনতে যাবে। রাতে খেয়ে আমাকে বাড়ি পৌঁছে দিয়ে যাবে বলেছে। আমি বল্লাম, না। আমার পড়া আছে, বাবা মারবে।

প্রীতম

আমাদের কথা কিছু বলেছিস?

রসুল

না। উনি জিজ্ঞেসও করেননি, আর আমি বলিও নি।

কি ভেবে একটু থেমে ছাত্রটি বলল –

রসুল

আচ্ছা আঙ্কেল, ঐ ঘরে আরও কয়েক জনের গলা পাচ্ছিলাম ... কিন্তু, আমরা তিন জন ছাড়া আর কাউকেই সেখানে দেখলাম না।

প্রীতম (মনে মনে)

হুঁ ... আরও কয়েক জনের গলা। তার মানে ঘরের মধ্যেই কোথাও ... হয়ত বা আন্ডার গ্রাউন্ডেও ... হতে পারে।

প্রীতম
আচ্ছা রসুল তুমি যাও। প্রয়োজন পড়লে তোমায় ডেকে নেব।

রসুল ঘাড় কাত করে সম্মতি জানিয়ে চলে গেল।

প্রীতম
শোন সিরাজ, আমি একটি চিঠি লিখে দিচ্ছি – তুমি কর্নেল সাহেবকে সেটা পৌঁছে দিয়ে সাড়ে-ছ'টার মধ্যে চলে আসবে। আমার গাড়ি নিয়ে যাও। আর ইয়াসিন, রজ্জাক ও গোলাম'কে এখানে পাঠিয়ে দিও।

মাননীয়,
কর্নেল সাহেব – আমার সশ্রদ্ধ প্রণাম নেবেন। আজ কোডে লেখা একটা চিঠি হাতে এসেছে। এর অর্থ উদ্ধার করার চেষ্টা করুন। যত শীঘ্র সম্ভব।
H--XIIIM--IID--D IIIRIIF--TIID IIID--F--P--QR--T
ধণ্যবাদ
১৩ই আগষ্ট "গোলে বয়")

সিরাজ চলে গেল চিঠি নিয়ে। ঐ চিঠির কোড কি হতে পারে ? কোডটি সামনে রাখল প্রীতম এবং চিন্তায় ডুবে গেল সে।
H--XIIIM--IID--D IIIRIIF--TIID IIID--F--P--QR--T

প্রীতম (মনে মনে)
এই চিঠি সেই রাতের জঙ্গি হত্যার বদ্‌লা নয়তো ? আমি নিজে ... না কি কর্নেল সাহেব ... না, ডিফেন্স মিনিস্টার ? কে? কে হতে পারে ? প্যাকেটের পাউডারটা - আর.ডি.এক্স নয়তো ?

যদি, পাউডারটা ----- = RDX ধরি,
তবে, ডিফেন্স মিনিস্টার ---- = DM
H ------ ----- ----- = HOUSE

D - ---- ---- = DESTROYED

I SIGN TOTAL 15 = 15th
DYAS TOTAL 8 = AUGUST
F – FALSE ---- --- = TPQRT

অর্থাৎ ঐ কোডের অর্থ হলো “ডি এম হাউজ ডেস্ট্রয়েড অন্ 15th আগষ্ট বাই আর.ডি.এক্স”- অর্থাৎ ১৫ই আগষ্ট স্বাধীনতা দিবসের দিন, ডিফেন্স মিনিস্টারের বাড়িতে RDX বিস্ফোড়ণ।

প্রীতম (ভেবে চমকে উঠলো)
আজ ১৩ই আগষ্ট, আগামীকাল ১৪ই আগষ্ট, কিন্তু আগামীকাল রাত ১২টার পরই তো ১৫ই আগষ্ট, তাহলে যা করার আজকের রাতেই করতে হবে আমাদের।

ইতিমধ্যে ইয়াসিন, রজ্জাক ও গোলাম চলে এলো।

প্রীতম
এখন-ই চলো আমার সঙ্গে সনওয়ার বাজার।

EXTERIOR – SONWAR BAZAR – EVENING

কিছুক্ষণের মধ্যেই ওরা হেঁটে পৌঁছে গেল সনোয়ার বাজার। চতুর্দিক আলোয় আলোময়। বাজারে রাস্তায় পর্যটকদের ভিড় – গম গম করছে।

প্রীতম
তোমরা হাসান মোল্লাকে নিশ্চয় চেনো।

ইয়াসিন, রজ্জাক ও গোলাম
(একসঙ্গে বলে উঠলো)
হাঁ, চিনি।

গোলাম
ফারহান মোল্লার মাতাল বাবা তো ?

প্রীতম

হাঁ। তবে এই কথাটা কখনো উষ্চারন করো না। ফারহান শুনলে ওর ভীষণ মন খারাপ হবে। শোন, কাজের কথা বলি, তোমরা তিনজন তিনটে মাংসের দোকানে দাঁড়াও। তাকে দেখা মাত্রই আমাকে ফোন করবে। আমি লাদাখ হাই-ওয়ে রোডের উপর বাজারের মুখে দাঁড়াচ্ছি।

প্রীতম বাজার থেকে বেরিয়ে রোডে আসতেই দেখলো, সিরাজ বাইক নিয়ে বাজারের মুখে দাঁড়িয়ে।

প্রীতম

কখন এসছো তুমি ?

সিরাজ

এই সবে এসে দাঁড়ালাম। দেখলাম তুমি বাজার থেকে বেরিয়ে আসছো।

প্রীতম

চিঠিটা কর্নেল সাহেবের হাতেই দিয়ে এসছো তো ?

সিরাজ

হাঁ। বলেছে কোড উদ্ধার করা হয়ে গেলেই, তোমাকে ফোন করে জানাবে।

প্রীতম

তাঁর আর দরকার হবে না। কোড উদ্ধার হয়ে গেছে। ভীষণ ভয়ংকর ঘটনা ঘটতে চলেছে। যেও না কোথাও। সঙ্গে থেকো।

সহসা প্রীতমের মোবাইলে রিং বেজে উঠলো। তুরন্ত ফোন তুলে কানে ধরলো সে।

প্রীতম

হাঁ রজ্জাক বলো।

রজ্জাক

হাসান মোল্লাকে দেখা গেছে। এখন ওয়াইন সপের ভিতরে আছে। মনে হয় তুমি যেখানে দাঁড়িয়ে আছ, ঐ পথ দিয়েই বেরবে সে। এলার্ট থেকো। আমরা তাঁর পিছনেই আছি।

প্রীতম

ও.কে। আমি বাজারের গেটের মুখেই দাড়াচ্ছি।

দু'হাতে দুটো ব্যাগ নিয়ে হাসান মোল্লা বাজারের গেট পেরোতেই, পথ আগলে দাঁড়াল প্রীতম ও সিরাজ।

প্রীতম

সলাম চাচা।

হাসান মোল্লা (চম্‌কে উঠে)

কে!

প্রীতম

আপনার সংগে কিছু কথা আছে। দশ মিনিট। চলুন –

সিরাজ ও গোলাম, তাঁর হাত থেকে ব্যাগ দুটো কেড়ে নিল। আর বাকিরা তাকে ঘিরে নিয়ে চললো সিরাজের বাড়ির পথে।

INTERIOR - SIRAJ'S HOUSE – 8:00 P.M

সিরাজের ঘরে ঢুকে মাদুর পেতে বসলো সবাই।

হাসান মোল্লা

যা বলার তাড়াতাড়ি বলে ফেলো। গিয়ে আবার রান্না করতে হবে।

প্রীতম

কি! গিয়ে আবার রান্না করতে হবে? এক জন লোকের ক'বার রান্না হয় শুনি? আর এত তাড়াই বা কিসের? যা জিজ্ঞেস করবো সাফ সাফ জবাব দেবেন। আপনি ছাড়া আপনার বাড়িতে আর কারা কারা থাকেন? পরিবার তো থাকে না। মাংস কতটা নিয়েছেন? এই সিরাজ তুমি দেখতো হাতে আন্দাজ করে, কতটা মাংস হবে?

সিরাজ ব্যাগটা হাতে ঝুলিয়ে ওজন আন্দাজ করলো।

সিরাজ

কিলো পাঁচেক তো হবেই। কারা খাবে এতো মাংস হাসানবাবু?

সিরাজ ধমকে উঠলে, হাসান মোল্লা থতমতঃ খেয়ে কাঁপতে লাগলো।

গোলাম

খুব ভালো তো? আমরা দেশের জন্য জান দিতে প্রস্তুত। সংগে আপনার ছেলে ফারহান মোল্লাও রয়েছে। আর আপনি কি-না দেশের সাথে গদ্দারি করছেন? আপনি মানুষ না-কি জল্লাদ?

হাসান মোল্লা

না বাবা, আমি জল্লাদ নই। হতে পারি আমি মাতাল, কিন্তু আমি মানুষ।

প্রীতম

আপনি নিজেও বাঁচবেন না, আর কাউকে বাঁচতেও দেবেন না। তাঁরা ডেরা পাল্টাবার সময় প্রমাণ লোপাটের জন্য, আপনাকেও মেরে দিয়ে যাবে। মদ ক'বোতল আছে ?

হাসান মোল্লা

আট বোতল।

সিরাজ

ভালই আছেন। মদের ফোয়ারা ওড়াচ্ছেন আর ভাল-মন্দ খাচ্ছেন। লজ্জা করে না হারামের পয়সা খেতে। এখনো সময় আছে। বলুন, ওরা সংখ্যায় কত জন আছে ? ... আরে বাবা ভয় নেই, বলুন। আমরা তো আছি আপনার সঙ্গে।

হাসান মোল্লা

ওরা ১০ জন আছে।

প্রীতম

একটা তো ঘর, শুচ্ছে কোথায় ?

হাসান মোল্লা

মাটির নিচে কাঠ পাতা আছে, সেখানে ৮ জন। আর ঘরের চৌকিতে ২ জন। অনেক রাত পর্যন্ত জেগে ওরা পাহারা দেয়। আড়াইটে-তিনটের আগে ঘুমোয় না।

প্রীতম

আমি আজ প্লান করেছি – ওদেরকে আজ রাতেই মারবো। আপনার সাহায্য চাই।

হাসান মোল্লা

আমি প্রস্তুত। কি করতে হবে, আমায় বলো।

প্রীতম

আমরা আপনাকে ১০০ পিস্ ঘুমের ট্যাব্লেট আর একটা ক্লোরোফর্ম স্প্রে দেব। আপনি ৫০ টা ট্যাবলেট গুঁড়ো করে দেবেন জলের বালি্‌তে, আর রান্নার শেষে ৫০ টা গুঁড়ো করে দেবেন মাংসের কড়াইয়ে। আর ওরা ঘুমিয়ে পড়লে ক্লোরোফর্ম স্প্রেটা সারা ঘরে ভালভাবে ছড়িয়ে দেবেন। ৩-১৫ মধ্যে এইসব কাজগুলো করে, আপনার বাড়ির পিছনে পাহাড়ের নিচে জঙ্গলে চলে আসবেন। আমরা অপেক্ষা করবো। ঠিক আছে –

হাসান মোল্লা

ঠিক আছে।

প্রীতম

আপনি সিরাজের সঙ্গে চলে যান। ট্যাবলেট আর স্প্রে'টা কিনে দেবে।

EXTERIOR – HILLY WAY, JUNGLE, FIELD – NIGHT 2:00

রাত দু'টো। সিরাজ ২০ জনের একটা দল নিয়ে বেরিয়ে পড়ল। সঙ্গে টর্চ, বোমা, পিস্তল, স্টেনগান আর ছুরি নিয়ে। ২০০ মিটার দূরে-দূরে দু'জন করে পাহাড়ায় রেখে, ওরা চলে গেল একেবারে হাসান মোল্লার বাড়ির পিছনে – পাহাড়ের পাদদেশে।

ঠিক ৩০ মিনিট পর – প্রীতম ১৩ জনের একটা দল নিয়ে, ওদের টর্চের আলো দেখানোর পথে এগিয়ে যেতে লাগলো – মাঠ, জঙ্গল ও কৃষিজমির উপর দিয়ে। সঙ্গে রয়েছে ৩টি গ্যাস সিলিন্ডার, ৩ জার পেট্রল, বোমা, পিস্তল ও টর্চ। ইয়াসিনের হাতে স্টেনগান আর প্রীতমের কাঁধে ভি.ডি.ও ক্যামেরা। ওরা ঐ পাদদেশে যখন এসে পৌঁছাল – তখন রাত ৩টে। বসে রইল সবাই সময়ের অপেক্ষায়। যখন ঘড়িতে দেখলো ৩-১৮ হয়ে গেছে, তখন ওদের ধৈর্যের পারদ'টা যেন হু-হু করে চড়তে শুরু করলো। দুঃশ্চিন্তায় অস্থির হয়ে প্রীতম কয়েক পা সামনে এগিয়ে গেল। দেখলো – দূরে একটা টর্চের আলো। আলোটা ক্রমশ এগিয়ে আসতে আসতে একেবারে কাছে চলে এলো।

প্রীতম (হুঙ্কার ছাড়ল)

কে, কে আপনি ?

হাসান মোল্লা (চাপা স্বরে)

আমি হাসান মোল্লা।

প্রীতম
ওদিকের খবর কি?
হাসান মোল্লা
সব ঠিক আছে। ক্লোরোফর্ম স্প্রে করে দিয়েছি। নাক ডেকে ঘুমোচ্ছে সবাই।
প্রীতম
আপনি আগে আগে চলুন। আমরা আপনাকে অনুসরণ করছি। এই সবাই চলো।

হাসান মোল্লা সকলকে গাইড করে নিয়ে, ১০ মিনিটের ভিতর পৌঁছল তাঁর বাড়ির সামনে – গেটের মুখে।
হাসান (ভয়ে ভয়ে)
তোমরা এখানে দাঁড়াও, আমি আগে ঘরে ঢুকে দেখে নিই। তারপর তোমাদের ইশারা করলেই তোমরা চলে আসবে।
প্রীতম
না চাচা, আপনি একা যাবেন না। সিরাজ ও ইয়াসিন সঙ্গে যাবে।
ইয়াসিন
আপনি আগে আগে চলুন। পিছনে তাকাবেন না।

INTERIOR – HASAN MOLLAH'S – HOUSE – NIGHT 3:30

হাসান মোল্লা আগে আগে, আর পিছনে সিরাজ ও ইয়াসিন স্টেনগানের ট্রিগারে আঙুল রেখে তাকে অনুসরণ করতে লাগলো। হাসান গেট খুলে উঠোন পেরিয়ে দরজার শিকল খুলে ঘরে ঢুকলো। সঙ্গে সঙ্গে ওরা-ও ঘরে ঢুকে গিয়ে, শুধু মাত্র ইয়াসিন বেরিয়ে এলো গেটের কাছে।

ইয়াসিন (চাপাস্বরে ডাকল)
তোমরা চলে এসো আমার সঙ্গে।

সঙ্গে সঙ্গে ৬ জন ওর পিছন পিছন ঢুকল ৩টি সিলিন্ডার ও ৩ জার পেট্রল নিয়ে। আর প্রীতম ঢুকল ক্যামেরা হাতে। সিরাজ স্টেনগান হাতে নিয়ে দাঁড়াল চৌকির সামনে – ঘুমন্ত দুই জঙ্গিকে নিশানা করে। আর ইয়াসিন

নেমে গেল আন্ডার গ্রাউন্ডে – ঘুমন্ত ৮ জঙ্গির কাছে। জেগে উঠলেই গুলির ছড়্-ড়া বইয়ে দেবে।

সিলিন্ডার ৩টি রাখল – ১টি চৌকির পাশে, ১টি আন্ডার গ্রাউন্ডে নামার মুখে, আর ১টি আন্ডার গ্রাউন্ডে, আর তাঁর পাশে পাশে রাখল ১টি করে পেট্রল জার। প্রীতম প্রতিটি পেট্রল জারের তলায় ছোট্ট ছিদ্র করে, প্রতিটি সিলিন্ডারের উপর বসিয়ে রাখল ১টি করে পেট্রল জার।।
হাসান মোল্লার ১টি লুঙ্গি ছিঁড়ে ছিঁড়ে লম্বা ফিতা বানিয়ে, সেটা পেট্রলে ভিজিয়ে নিয়ে রজ্জাক নেমে গেল আন্ডার গ্রাউন্ডে। সেটির এক মাথা সিলিন্ডারের হ্যান্ডেলে পাক দিয়ে, উপরে উঠে এসে, উপরের সিলিন্ডার দুটির হ্যান্ডেলের ভিতর দিয়ে ফিতেটা নিয়ে এসে, দরজার বাইরে রাখলো এর আর এক মাথা।

উপরের চৌকিতে ঘুমিয়ে থাকা দুই জঙ্গির পাশ থেকে সিরাজ এ.কে. ৪৭ ও উজি মেশিন গান দুটি তুলে নিয়ে রজ্জাক ও গোলামের হাতে দিল। প্রীতম ভি.ডি.ও চালিয়ে উপরের দুই জঙ্গির ফটো তুলে নেমে গেল আন্ডার গ্রাউন্ডে এবং সেখানেও আট জঙ্গির ভ.ডি.ও তুলে, সিলিন্ডারের রেগুলেটারটি অন্ করে – উপরে উঠে এলো ইয়াসিন'কে সঙ্গে নিয়ে।

প্রীতম
তোমরা সবাই বাইরে গিয়ে তুরন্ত ছুটে যাও ঐ পাহাড়ের জঙ্গলে।

ওরা ছুটতে শুরু করলে, প্রীতম উপরের সিলিন্ডার দুটির রেগুলেটার অন করে বাইরে এসে দরজার শিকল আটকে দিল এবং পেট্রল ভেজা ঐ ফিতেটায় আগুন লাগিয়েই, বেড়া টপ্‌কে শাঁই-শাঁই করে দে ছুট ঐ পাহাড়ের দিকে। সারা ঘরে তখন আগুন দাপিয়ে বেড়াচ্ছে। সহসা দুম করে একটা সিলিন্ডার বার্স্ট হতেই আগুন দাউ-দাউ করে ধেয়ে উঠলো আকাশের দিকে। এশবেসটাসের টুকরোগুলো ছিটকে গেল এলোপাথারি। তারই একটা টুকরো প্রীতমের কান ঘেঁসে গিয়ে পড়ল, সামনের জঙ্গলটায়। জঙ্গলের পিছনে গিয়ে দাঁড়াতে-না-দাড়াঁতেই এলাকা কাঁপিয়ে আরও দুটি সিলিন্ডার বার্স্ট করলো দুম্-দুম্ করে।

কাছে-দূরে নুয়ালা গ্রামের সব মানুষ-ই আঁতকে জেগে উঠলো – কি এক আতঙ্কের বিভীষিকায়। প্রত্যেক বাড়ি বাড়ি আলো জ্বলছে। রাস্তায় রাস্তায় মানুষের জটলা। আবারও একটি বিস্ফোড়ণ ঘটলো প্রচন্ড শব্দে। ঘর, বাড়ি, মাটি কাঁপিয়ে দৈত্যাকার অগ্নি দানবটি যেন, আকাশের অনেক উঁচু পর্যন্ত উঠে – মাথা তুলে দাপাদাপি করতে লাগলো। চতুর্দিক আলোয় আলোময়। সেই আলো এসে পড়েছে বন-জঙ্গল, পাহাড় এমন কি ওদের গায়েও। ভোর ৪টে বাজে।

প্রীতম

চলো সবাই। অন্ধকার থাকতে থাকতে আস্তানায় পৌঁছতে হবে।

INTERIOR - GAFOOR MINYA'S GARDEN HOUSE - EARLY MORNING.

ভোর পৌনে পাঁচটা বাজে। একটা-দুটো লোক রাস্তা দিয়ে চলতে আরম্ভ করেছে। সাইকেলের ক্রিং - ক্রিং আওয়াজ কানে আসছে। গফুর মিঞার বাগান বাড়ির বড় ঘরটায় মাদুর পেতে সবাই বসেছে – প্রীতমকে ঘিরে।

প্রীতম

এবারও আমাদের মিশন সাকসেস। তোমাদের অনেক অনেক ধন্যবাদ।

সকলের সঙ্গে হ্যান্ডসেক করে হাসান মোল্লাকে বুকে জড়িয়ে ধরলো প্রীতম।

প্রীতম

আপনাকে অসংখ্য-অসংখ্য ধণ্যবাদ। আপনি আজ এত বড় একটা কাজ করেছেন, আমি ভাবতে পারছি না। একটা ঘোর পাড় মাতাল কি ভাবে যে এক নিমেষে পালটে গেল, ভাবতেই অবাক লাগছে।

হাসান মোল্লা

(চোখে-মুখে উজ্জ্বল দীপ্তি)

এই আমি সকলের সামনে ভোরবেলা বাসি মুখে প্রতিজ্ঞা করছি, বেঁচে থাকতে কোনদিন আর মদ ছোঁব না। আর এখন থেকে আমি এখানেই থাকব। ঘর তো নেই। তোমাদের রান্না-বান্নাই করবো।

প্রীতম
তাই হবে চাচা। আপনাকে আমরা কিছুতেই আর ছাড়ছি না। শুনেছি আপনার রান্না না-কি খুব ভাল। খেয়ে দেখব একদিন।
হাসান মোল্লা (হাসলো)
আচ্ছা বাবা, তাই খেও।

ইয়াসিন ও রজ্জাক ঘরে ঢুকলো – হাতে চায়ের কেটলি, মাটির ভার আর বিস্কুটের প্যাকেট নিয়ে। প্রত্যেক'কে ধরে ধরে চা-বিস্কুট সার্ভ করতে লাগলো।

EXT.-NUYALA VILL.-LADAKH HWY TO CORNEL BANGLO-VIO-B.V.ROAD

সকাল সাড়ে আট-টা। ওরা পাঁচ বন্ধু পাঁচটি বাইক নিয়ে ছুটে চললো লাদাখ হাই-ওয়ে রোড ধরে। সিরাজের পিছনে রসুল (ঐ ছাত্রটি) আর প্রীতমের পিছনে হাসান মোল্লা।

নুয়ালা গ্রামের শেষ প্রান্তের মাঠে তখন জনতার ঢল নেমেছে। ক্যামেরা ম্যান, সাংবাদিক, মিলিটারি ও পুলিশে ছয়লাপ। মাঠে ও আশেপাশের বাড়িগুলোতে ছড়িয়ে ছিটিয়ে পড়ে আছে – স্টেনগান ও মেশিনগানের বিভিন্ন যন্ত্রাংশ, ইঁট, কাঠ ও এশবেসটাসের ভাঙা টুকরো – আর দুমড়ানো-মুচড়ানো গ্যাস সিলিন্ডার। ফায়ার ব্রিগেডের গাড়ি জলের ফোয়ারা ছেড়ে আগুন নিভানোর চেষ্টা করছে।

ক্যামেরা ম্যানরা ঘুরে ঘুরে ফটো তুলতে ব্যস্ত। ড্রেজারে জ্বলন্ত ও পোড়া ইঁট, কাঠ পরিষ্কার করে পেল দুটি পোড়া গলা কঙ্কাল। আন্ডার গ্রাউন্ড থেকে তুলে আনলো আরো আট-টি। সাংবাদিকরা সব ঘিরে আছে কর্নেলের চারপাশে।

অর্জুন সিং (সাংবাদিক)
স্যার, কিছু বলুন।
কর্নেল সাহেব
ইনভেসটিগেশান চলছে। এখন কিছু বলা সম্ভব নয়।

রামলাল সাঁউ (সাংবাদিক)
স্যার –
সহসা কর্নেল সাহেবের মোবাইলে রিং বেজে উঠল।
কর্নেল সাহেব
হ্যালো – কে বলছেন ?
প্রীতম
আমি প্রীতম বলছি। ওখানে সাংবাদিকদের কাছে আমি যাবো না। আমি আপনার অফিসে যাচ্ছি। অনেক প্রমান আছে। আপনি ইমিডিয়েট চলে আসুন।

মোবাইলটা পকেটে রেখে, দ্রুত গাড়ির দিকে এগোতে লাগলেন কর্নেল সাহেব।

সাব্বির আলি (সাংবাদিক)
স্যার, কি কথা হলো –
ওদের ঠেলে সরিয়ে দিয়ে গাড়িতে উঠে পড়লেন তিনি।
সমস্ত সাংবাদিক
(হুরোহুড়ি শুরু করলো)
বলুন স্যার বলুন – কিছু বলুন ~
কর্নেল সাহেব
দুপুর বারোটায় থানায় যেও।

কর্নেল সাহেবের গাড়ি, ভিড় কেটে কেটে এগিয়ে গিয়ে হাজরাবল হাই-ওয়ে রোডে উঠে, দ্রুত ছুটতে লাগলো ক্যাম্প অভিমুখে।

INTERIOR - HAZRABAL HWY – B.V. ROAD – CAMP 9:30a.m.

কিছুক্ষণের মধ্যেই কর্নেল সাহেব মিলিটারি ব্যারাকে পৌঁছে গেল। তিনি গাড়ি থেকে নেমে গটগট করে হেঁটে দ্রুত পায়ে অফিসে ঢুকলেন। ওরা সবাই বেঞ্চে বসেছিল। কর্নেল সাহেব ঢুকতেই ওর উঠে দাঁড়াল।

প্রীতম

নমস্কার স্যার।

কর্নেল সাহেব

নমস্কার। তুমি এস। আর তোমরা সবাই এখানেই বসো।

কর্নেল সাহেব বসলেন টেবিলের ওপাশে আর প্রীতম এপাশে – মখোমুখি।

কর্নেল সাহেব

নুয়ালা ভিলেজের খবর কি ?

প্রীতম

খবর অনেক। ঐ যে বসে আছে বৃদ্ধ লোকটি, উনি হাসান মোল্লা। আর ঐ বাচ্চা ছেলেটি, এক প্রাইমারি স্কুলের ছাত্র। ওরা সাহায্য না করলে আমার পক্ষে কাজটা করা অসম্ভব হতো। অনুগ্রহ করে ওদের জিজ্ঞাসাবাদ করে ছেড়ে দেবেন স্যার। এই রইল জঙ্গিদের ভি.ডি.ও করা পেন ড্রাইভ – আর এই হলো কোড়িটর অর্থ।

প্রীতম পেন ড্রাইভ ও খামটি তাঁর সম্মুখে টেবিলের উপর রাখলো। কর্নেল সাহেব সঙ্গে সঙ্গে খাম থেকে চিঠিটা বার করে পড়তে লাগলো।

কর্নেল সাহেব

DM / HOUSE / DESTROYED / 15th AUGUST BY RDX.

অর্থাৎ ১৫ই আগষ্ট ডিফেন্স মিনিষ্টারের বাড়িতে RDX বিস্ফোড়ণ। তার মানে আজ রাত ১২টার পরেই ... সাঙ্ঘাতিক বাচা বেঁচে গেছে আমাদের মন্ত্রী সাহেব। আমার যে কি আনন্দ হচ্ছে।

তুরন্ত উৎফুল্ল হয়ে মোবাইলে কল টিপলেন ডিফেন্স মিনিষ্টারকে।

কর্নেল সাহেব (পুনঃ)

হ্যালো মন্ত্রী সাহেব, আমি কর্নেল বলছি – আজকে আপনার আয়ু তো আরও এক'শ বছর বেড়ে গেল।

প্রতিরক্ষা মন্ত্রী

কি রকম ?

কর্নেল সাহেব

গতকাল প্রীতমের দেয়া যে কোডটা আপনাকে পাঠিয়ে ছিলাম তার অর্থ উদ্ধার করতে, ঐ কোডে কি আছে জানেন ?

প্রতিরক্ষা মন্ত্রী

তার উত্তর তো এখনো হাতে আসেনি।

কর্নেল সাহেব

তার আর দরকার নেই। ঐ কোডের উত্তর – ১৫ই আগষ্ট ডিফেন্স মিনিষ্টারের বাড়িতে আর.ডি.এক্স বিস্ফোড়ণ।

প্রতিরক্ষা মন্ত্রী

কি বল্লেন!

কর্নেল সাহেব

হ্যালো – হ্যালো। হ্যালো মন্ত্রী সাহেব। আরে কি হলো ?

প্রতিরক্ষা মন্ত্রী (কাঁপতে-কাঁপতে)

আমি এখন কি করবো! নিঃশ্বাস বন্ধ হয়ে আসছে।

কর্নেল সাহেব

এখন আর কোন ভয় নেই। আপনি নিশ্চিন্তে থাকুন। প্রীতম তার দল্‌বল্‌ নিয়ে ওদের সবাইকে খতম করে দিয়েছে।

প্রতিরক্ষা মন্ত্রী (আশ্চর্য চকিতে)

কি বললেন! আর একবার বলুন –

কর্নেল সাহেব

বলছি - প্রীতম তার দলবল নিয়ে ওদের খতম করে দিয়েছে।

প্রতিরক্ষা মন্ত্রী

সত্যি বলছেন!

কর্নেল সাহেব

আরে বাবা, একটু আগেই তো আমি তদন্ত করে ফিরেছি। বিশ্বাস না হয়, আমার সামনেই তো প্রীতম বসে আছে - ওকেই জিজ্ঞেস করুন। এই নাও প্রীতম, কথা বলো।

কর্নেল সাহেব মোবাইলটা প্রীতমের হাতে দিল।

প্রীতম

(মোবাইল কানে ধরে)

নমস্কার স্যার। কর্নেল সাহেব যা বল্লেন, সব-ই সত্যি।

প্রতিরক্ষা মন্ত্রী

(বিগলিত কন্ঠে)

তোমাকে কি বলে যে আমি ধন্যবাদ দেব ভাষা খুঁজে পাচ্ছি না। তবে তুমি আমার প্রাণ বাঁচিয়েছ, আমি যারপরনাই অত্যন্ত খুশি তোমার উপর।

তোমার কাজে সফলতা আনতে যত টাকা লাগে আমি দেব, তুমি নিঃসঙ্কোচে আমার কাছে চাইবে। দেশের সুরক্ষার জন্য আমি সব সময় সচেষ্ট।

প্রীতম

স্যার, আপনি বললেন "তুমি আমার প্রাণ বাঁচিয়েছ"। না স্যার, আমি আপনার প্রাণ বাঁচাই নি, ঈশ্বর-ই বাঁচিয়েছেন। তাঁর সাহায্য ছাড়া কোন কিছুই সম্ভব নয়। তাকে ধন্যবাদ দিন।

আর, ভারতবর্ষে জন্ম গ্রহন করলেই, ভারত মাতার সন্তান হওয়া যায় না। কাজ করতে হবে, কাজ। শুধু কাজ। মানুষের জন্য কাজ। সকল জীবের জন্য কাজ। তবেই ভারতমাতার যোগ্য সন্তান হওয়া যাবে। এটাই মানব ধর্ম। আমরা শুধু সেই প্রচেষ্টাই করে যাচ্ছি। এখন ছাড়ছি, পরে কথা হবে। ধন্যবাদ।

প্রতিরক্ষা মন্ত্রী ওর কথা শুনতে শুনতে ভাবে এমন আপ্লুত হয়ে পড়লেন যে, তাকে পালটা ধন্যবাদ দিতে ভুলেই গেলেন। প্রীতম মোবাইলটা কর্নেল সাহেবের হাতে দিল।

প্রীতম

আমি এখন আসি স্যার, ওরা রইল। ধন্যবাদ।

কর্নেল সাহেব

(দাঁড়িয়ে হ্যান্ডসেক করলেন)

অসংখ্য ধন্যবাদ তোমাকেও।

প্রীতম

সিরাজ ও ইয়াসিন চলো আমার সঙ্গে। গোলাম ও রজ্জাক তোমরা এখানে থাকো। ওদের বয়ান নেওয়া হয়ে গেলে, তোমরা ওদের নিয়ে চলে আসবে।

গোলাম

ও.কে।

NEWS PUBLICITY – T.V & PAPER – REFLECTION

বিকেল পাঁচটায় টি.ভি'র বিভিন্ন নিউজ চ্যানেলে বিশেষ গুরুত্ব-পূর্ন খবর প্রচারিত হলো।

বিশেষ সংবাদ
(আবারও হম্ এক মিশন সাকসেস। দশ জঙ্গির মৃত্যু হলো অগ্নিদগ্ধ হয়ে)

১৩ই আগষ্ট দুপুর বারোটায় - হম্ এক মিশন এক সূত্রের সন্ধান পায়। বিকেল ৪ টায় সেই সূত্র ধরে ১২ বছরের এক বালককে অনুসরন করে, শেষে কিছু প্রমাণ সহ তাকে পাকড়াও করে। এই বালকের সহযোগিতায় মিশন আরও একটি লোককে ধরে ফেলে। এবং তাকে ভীষনভাবে চাপ দিতেই সে অকপটে স্বীকার করে যে – দশ জঙ্গি তাঁর ঘরে আছে একমাস ধরে।

অবশেষে তাঁর সাহায্যে জঙ্গিদের গাঢ় ঘুমে নিয়ে যেতে প্রথমে স্লিপিং ট্যাব্লেট ও পরে ক্লোরোফর্ম প্রয়োগ করে। এবং রাত সাড়ে-তিনটায় হম্ এক মিশনের বাহিনী গিয়ে পৌঁছায় তাঁর বাড়িতে। প্রথমে ক্যামেরায় সেই ঘুমন্ত জঙ্গিদের ভি.ডি.ও তুলে, শেষে ভয়াবহ বিস্ফোড়ন ঘটিয়ে তাঁদের জ্বলন্ত পুড়িয়ে মারে।

সকালে ধ্বংস-স্তূপ সরিয়ে পাওয়া গেছে – পোড়া হাড়ের সঙ্গে দলা দলা মাংস, আর অত্যাধুনিক স্বয়ংক্রিয় অস্ত্রের পোড়া অংশ বিশেষ।

ছাত্রটির হাত থেকে জঙ্গিদের যে কোড়িট পাওয়া গিয়েছিল, তার অর্থ ছিল – **"DM / HOUSE/ DESTROYED / 15TH AUGUST BY RDX".** কিন্তু ভাগ্যের কি নিদারুন পরিহাস, ১৫ই আগষ্ট প্রতিরক্ষা মন্ত্রীর বাড়ি বিস্ফোড়ণে গুঁড়িয়ে দেওয়ার আগেই – ১৪ই আগষ্ট নিজেরাই বিস্ফোড়ণে নিশ্চিন্ন হয়ে গেল।

এই নিউজ চ্যানেল ছাড়াও, আরও অনেক চ্যানেলেই বিভিন্ন ভাষায় খবরটি প্রচার হতে লাগলো। রাস্তায় রাস্তায় পান, বিড়ি-সিগারেটের দোকান থেকে শুরু করে বড় বড় শপিং মলগুলোতে পর্যন্ত, যেখানে যেখানে টি.ভি. আছে সেখানেই মানুষের ভিড় উপচে পড়েছে। সারা দেশ জুড়ে মানুষ আনন্দে উত্তাল।

EXTERIOR-ARROUND THE MA & LADAKH HWY. JN. –MORNING 7:00a.m.

পরদিন সকালে নিউজ পেপার এসে পড়তে-না-পড়তেই, সারা দেশজুড়ে তা উধা হয়ে গেল। রাস্তা-দোকান-বাড়ি, অলি-গলি সর্বত্র মানুষ জটলা বেঁধে হুমড়ি খেয়ে পড়ল পেপারগুলিতে জঙ্গিদের ছবি দেখতে ও পড়তে।

এমন-ই উত্তেজনাময় মুহূর্তে, পেন-খাতা ও ক্যামেরা হাতে নিয়ে একদল সাংবাদিক নয়া বাজারে উপস্থিত। তাঁরা পথ চলতি মানুষ, দোকান-বাজার সর্বত্র – প্রীতমের খোঁজ করতে লাগল, শুধু মাত্র তাঁর একটি সাক্ষাৎকারের জন্য। তিন-চার সাংবাদিক খদ্দেরের ভিড়ে ঠাসা এক মাংসের দোকানে ছুটে গেল।

মহঃ সাজ্জাদ (সাংবাদিক)
আচ্ছা ... প্রীতমের বাড়িটা কোথায় একটু বলবেন ?
১ম খদ্দের
কে প্রীতম ? কোথায় থাকে ?
২য় খদ্দের
আমরাই তাকে একবার দেখার জন্য উৎসুক হয়ে আছি। কোথায় থাকে সে?

৩য় খদ্দের
আমরা মরছি আমাদের জ্বালায়, না-প্রীতম কোথায়? কাগজের যত্তোসব উদ্ভট সাংবাদিক।

এইভাবে অন্যান্য আরো সাংবাদিকরাও বিভিন্ন দোকান - চা, রেষ্টুরেন্ট, হোটেল, কফি শপ কোথাও প্রীতমের খোঁজ করতে বাদ রাখেনি। শেষে ক্লান্ত আর হতাশ হয়ে রাস্তার পাশে এক জায়গায় এসে জড়ো হলো সবাই। কিছুক্ষণ পর – ওরা সবাই দল বেঁধে ছুটে গিয়ে ভিড় করলো তিন মাথার মোড়ে প্রীতমের "ফাস্ট ফুড এন্ড রেষ্টুরেন্ট"-এর সামনে। দোকান তখন কাস্টোমারের ভিড়ে ঠাসা। লাইন দিয়ে বসে আছে সব। সাংবাদিকরা একে-তাকে, অনেক-কেই জিজ্ঞেস করলো? ...

রামলাল সাঁউ (সাংবাদিক)
তোমরা কেউ বলতে পার, প্রীতমকে কোথায় পাওয়া যাবে ?
অর্জুন সিং (সাংবাদিক)
এই ফাস্ট ফুড এন্ড রেষ্টুরেন্টের মালিক কি প্রীতম ?
সাব্বির আলি (সাংবাদিক)
প্রীতমের বাড়িটা কোন দিকে ?
ফায়েজ খাঁন (সাংবাদিক)
ঠিক আছে, প্রীতমকে না হোক তাঁর মায়ের খোঁজ দিতে পারেন ?

কাস্টোমার'রা সব নিরুত্তর – কেউ কোন আমলই দিল না তাঁদের প্রশ্নের। দুই সাংবাদিক ভিড় ঠেলে সরাসরি ম্যানেজারের কাউন্টারে গিয়ে দাঁড়াল।

হাবিবউল্লা (সাংবাদিক)

আচ্ছা, এই দোকানের মালিক প্রীতম বাবু কোথায়, বলবেন একটু।

ম্যানেজার (ক্রোধে উঠে দাঁড়ালেন)

তোমাদের কি মাথা খারাপ হয়ে গেছে ? দোকানের মালিক দস্তুর মতো আমি। আর কোন প্রশ্ন করবেন না, বাইরে বেরিয়ে যান। দোকানে ভিড় রয়েছে। যা-আ-ন। নয়ত পুলিশ ডাকবো।

শেষে বাইরে বেরিয়ে যেতে বাধ্য হলো ঐ দুই সাংবাদিক। তাঁদের আর প্রীতমের কোন সন্ধান পাওয়া হলো না। একরাশ হতাশা নিয়ে কিছু সাংবাদিক চলে গেল অন্যত্র। আর কিছু রয়ে গেল এখানেই ছড়িয়ে-ছিটিয়ে। ওদের সঙ্গেই ঘুরছিলো ১৮/১৯ এর এক তন্বী সুন্দরী সাংবাদিক। নাম লায়লা। সে এদিক-ওদিক ছুটে বেড়াচ্ছে কাউকে খুঁজতে। সহসা সে দৌড়ে গেল বছর আটেকের এক বালকের কাছে। তাকে ধরে আদর করলো।

লায়ল (মিষ্টি হেসে)

বাঃ! দারুন দেখতে তো তুমি। কি নাম তোমার ?

রোশন আলি (দৃঢ়ভাবে)

আমার নাম রোশন আলি।

লায়লা

রোশন আলি। ভারি মিষ্টি নাম। স্কুলে পড়ো ?

রোশন আলি

হাঁ। ক্লাশ থ্রীতে।

লায়লা

বাঃ! এইটুকু ছেলে ক্লাশ থ্রীতে পড়! লেখা-পড়ায় নিশ্চয়ই তুমি খুব ভালো। দেখিতো আমার একটা প্রশ্নের উত্তর দিতে পারো কি-না ? যদি পার, তবে আমার এই প্রিয় কলমটাই তোমাকে উপহার দেবো।

রোশন আলি

কি প্রশ্ন? বলো।

লায়লা

আমি উত্তরটা জানি। তবু তোমাকে প্রশ্ন করছি – বলতো, প্রীতমদার বাড়িটা কোথায়?

রোশন আলি

এ আম্মা! এ তো সবাই জানে। তাঁর বাড়ি আর নেই। ধ্বংস হয়ে গেছে।

লায়লা

ধেঁৎ! আমি জিজ্ঞেস করলাম সে এখন কোথায় থাকে।

রোশন আলি

জানিনা। তোমার কলম আমার চাই না।

এই কথা বলেই বালকটি দৌড়ে পালিয়ে গিয়ে ভিড়ের মধ্যে কোথায় মিলিয়ে গেল। লায়লা হতাশ হয়ে তাকিয়ে রইল – বালকটির চলে যাওয়ার পথে।

প্রীতম ও প্রিয়া তখন বিগ বাজার থেকে বেরিয়ে এসে রাস্তায় নামতেই দেখল, রোশন আলি দৌড়ে আসছে এদিকেই। প্রিয়ার হাতে জামা-কাপড়ের ৪/৫ টা প্যাকেট। রোশন আলি হাঁপাতে হাঁপাতে এসে প্রীতমের সামনে দাঁড়াল।

রোশন আলি

আংকেল – আংকেল।

প্রীতম

(বিচলিত হয়ে উঠল)

কি হয়েছে তোমার! তুমি এত হাঁপাচ্ছ কেন?

রোশন আলি (হাঁপাতে হাঁপাতে)

আমার কিছু হয় নি। ঐ যে দেখ, ঐ দূরে দাঁড়িয়ে – চোখে চশমা, Yellow সোয়েটার ও হাতে ক্যামেরা নিয়ে, সে আমাকে তোমার কথা জিজ্ঞেস করছিলো। তুমি এখন কোথায় থাক? আমি তোমাকে চিনি কিনা? আমি না বলে দিয়েছি। আমাকে কলমের লোভ দেখাচ্ছিল। আমি দৌড়ে পালিয়ে এসছি।

প্রীতম ওকে জড়িয়ে ধরে মাথায় চুম্বন দিয়ে আদর করতে করতে বললো –

প্রীতম

কাল আমি তোমাকে ওর থেকেও ভাল একটি কলম কিনে দেব। তুমি এখন যাও। সাবধানে যেও কিন্তু।

রোশন চলে যেতেই প্রীতম ফোনে ইয়াসিনকে কল করলো –

প্রীতম

হ্যালো ইয়াসিন তুমি কোথায় ?

ইয়াসিন

নয়া বাজারে চায়ের দোকানে।

প্রীতম

ফোন ছেড়ো না। তুমি মনোরমা লজের কাছে চলে এসো।

ইয়াসিন ফোন কানে ধরেই চায়ের দোকান থেকে বেরিয়ে দ্রুত মনোরমা লজের কাছে চলে এলো।

ইয়াসিন

হাঁ, এসছি - বলো –

প্রীতম

ক্যামেরা হাতে, Yellow সোয়েটার, চোখে চশমা – একটা মেয়েকে দেখতে পাচ্ছ ?

ইয়াসিন ভিড়ের মধ্যে এদিক-ওদিক খুঁজতে খুঁজতে সহসা সে দেখতে পেল সেই মেয়েটিকে। ক্যামেরা হাতে, Yellow সোয়েটার, চোখে চশমা।

ইয়াসিন

হাঁ প্রীতমদা, দেখেছি।

প্রীতম

তুমি ওকে ফলো করো। ওর নাড়ি-নক্ষত্র সব জেনে আসবে। আমি বেলা দুটোয় সিরাজের বাড়ি আসবো।

প্রীতমের এখন বেশিক্ষণ বাইরে থাকা ঠিক নয়। চতুর্দিকে সাংবাদিকরা ওকে খুঁজছে। তার উপর এই মেয়েটাই-বা কে ? কোথা থেকে এসছে ? সবই অজানা। তাই প্রিয়ার হাত ধরে দ্রুত সে রাস্তা পার হয়ে কসাইখানা ঢুকলো এবং মাংস কিনে বাইকে ঘুরপথে চলে গেল প্রিয়াদের বাড়ি।

INTERIOR - PRIYA'S – HOUSE – 11:10 a.m.

গেটের মুখে বাইক ষ্ট্যান্ড করে উঠোন পেরিয়ে ঘরে ঢুকলো ওরা এবং প্রিয়ার হাতে মাংসের থলেটা দিয়ে প্রীতম তাঁর চোখে চোখ রাখলো।

প্রীতম (হাসতে-হাসতে)
মাংসটা ভাল করে রেঁধো। অনেক দিন তোমার হাতের রান্না খাই নি।

প্রিয়া গোমড়া মুখে চলে যাচ্ছিল দেখে – প্রীতম ওর সামনে গিয়ে পথ আগলে দাঁড়াল।

প্রীতম
তোমার কি হয়েছে বলতো ?
প্রিয়া (ঝাঁঝিয়ে উঠল)
আমি কি দেখতে খারাপ ?
প্রীতম
হঠাৎ কি হলো তোমার ? তুমি এত রেগে গেলে কেন ?

প্রিয়া (ক্রোধে জ্বলে উঠল)
ঐ মেয়েটার খোঁজ নিতে বললে কেন ?

প্রীতম হাসতে হাসতে টাল সামলাতে না পেরে প্রিয়াকে ধরে নিল।

প্রীতম
হায় পোড়া কপাল! এই ব্যাপার। কিন্তু কেন খোঁজ নিতে বলেছি জানো কি ?
প্রিয়া
আমি অত-শত জানতে চাই না।
শর্মিলা দেবী
কি ব্যাপার প্রীয়া, আবার কি নিয়ে ঝগড়া হচ্ছে তোদের ?

বলতে বলতে ঘরে ঢুকলেন প্রিয়ার মা। প্রীতম এগিয়ে গিয়ে তাঁর পা ছুঁয়ে

প্রণাম করলো।

প্রীতম

এই দেখুন না, একটা সামান্য ব্যাপার নিয়ে কি রকম ঝগড়া করছে।

শর্মিলা দেবী

ঘটনাটা কি?

প্রীতম

ঘটনা হলো, এক মহিলা সাংবাদিক আমার খোঁজ করছে। সে কে আমি খোঁজ নেব না। কোন সাংবাদিক তো এভাবে ৮ বছরের একটা বাচ্চা ছেলেকে লোভ দেখিয়ে আমার খোঁজ করেনি। কিন্তু সেই মহিলা কেন করলো? এখানেই আমার সন্দেহ হচ্ছে। সে তো জঙ্গি দলের কোন স্পাইও হতে পারে ? তাই তাঁর খোঁজ নিতে বলায়, এতেই ওর গোঁসা। আমাকে তো আর ওরা সহজে ছেড়ে দেবে না।

প্রিয়া (গোমড়া মুখে বল্ল)

আমি চা করতে যাচ্ছি।

শর্মিলা দেবী

সাবধানে থেকো বাবা। তোমার কিন্তু পায়ে পায়ে ভীষণ বিপদ। যে কোন মুহূর্তে কোনও-না-কোন ভাবে তোমার কিছু একটা হয়ে যেতে পারে। সতর্ক থেকো।

প্রীতম

হাঁ।

শর্মিলা দেবী

তোমার মা ভাল আছেন?

প্রীতম

হাঁ, ভাল আছেন। দিনের বেশির ভাগ সময়-ই তো পূজা-পার্বণ নিয়ে থাকেন।

প্রিয়া ঘরে এলো – মাথা নত হয়ে, ঠোঁটে সামান্য হাসির ঝলক। এক হাতে চা আর অন্য হাতে - প্লেটে ডিম টোস্ট, কলা আর মিষ্টি নিয়ে।

প্রীতম

যাক বাবা বাঁচলাম, শেষে তাহলে গুমর ভাঙল মহারানির।

শর্মিলা দেবী

আমি রান্না ঘরে যাচ্ছি। কোন রকম ঝগড়া যেন আর শুনতে না পাই প্রিয়া।

প্রিয়া খাবারটা সোফার পাশে টি-টেবিলে রেখে প্রীতমের কাছে এগিয়ে এলো এবং হঠাৎ করে ওর গালে একটা চুম্বন দিয়ে বসলো। প্রীতম হকচকিয়ে গেল প্রিয়ার এই ব্যাবহারে এবং অবাক হয়ে ফ্যাল-ফ্যাল করে তাকিয়ে রইল তাঁর চোখে। এরপর প্রিয়া ওর হাত ধরলে প্রীতম মুখ ঘুরিয়ে অন্যদিকে তাকাল।

প্রিয়া

সরি, আমাকে ক্ষমা করো। তাকাও আমার দিকে। ক্ষমা তো চাইলাম, তা-ও তাকাবে না। আচ্ছা বাবা, এই নাক-কান মুলছি। এবার থেকে কিছু বলার আগে – আগে জানবো, বুঝবো তারপরে বলবো। কথা দিলাম। প্লীজ, এখন খাবে চলো।

প্রীতমকে ধরে নিয়ে গিয়ে সোফায় বসলো প্রিয়া এবং ওকে খাইয়ে দিতে লাগল আর নিজেও খেতে লাগল – ঐ একই প্লেট থেকে।

EXTERIOR – DAL LAKE – 5:00 p.m

বিকেল ৫ টা। ডাল লেকে একসঙ্গে দেখা গেল প্রীতম ও ইয়াসিনকে। প্রীতম এক সেল্‌স ম্যানের ছদ্মবেশে গলায় কাঠের বাক্স ঝুলিয়ে পান, বিড়ি, সিগারেট, খৈনী, শিখর ইত্যাদি নিয়ে ঘুরে ঘুরে বিক্রি করছে, আর ইয়াসিন – ফ্লাক্স হাতে কফি। অন্যান্য ক্রেতাদের সঙ্গে বন্ধুরাও ক্রেতা সেজে আসছে-যাচ্ছে কিনছে-খাচ্ছে। প্রীতমের ঐ বাক্সের ফাঁকেই লুকানো রয়েছে ভি.ডি.ও ক্যামেরা। সহসা ইয়াসিনের চোখে পড়ল লেকের ধারে বেঞ্চে বসে ঐ সুন্দরী মেয়েটি।

ইয়াসিন

প্রীতমদা, ঐ যে দেখো - বেঞ্চে বসে আছে ঐ সুন্দরী মেয়েটি – সকালে যে নকল সাংবাদিক সেজে তোমার খোঁজ করছিলো।

ইয়াসিন এগিয়ে গেল ঐ দিকেই। প্রীতম খানিকটা এগোতেই, ২/৩ কাস্টোমার এসে গেল ওর।

ইয়াসিন

(মেয়েটির কাছে গিয়ে)

কফি খাইয়ে কফি। মন পসন্দ কফি।

লায়লা

এক কাপ কফি দিজীয়ে।

ইয়াসিন এক কাপ কফি তাঁর হাতে দিয়ে, পয়সা নিয়ে এগিয়ে গেল সামনের দিকে। প্রীতমের হাত খালি হতেই সেও সঙ্গে সঙ্গে এগিয়ে গিয়ে দাঁড়াল ঐ মেয়েটির কাছাকাছি। আর প্রীতমের তিন বন্ধু, সিরাজ, রজ্জাক ও গোলাম এসে দাঁড়াল কাস্টোমার সেজে। তাঁরা যে যার মতো জিনিস কিনে নিয়ে এক এক করে চলে গেল। লায়লা কফি শেষ করে কাপটা ফেলে দিয়ে হাত তুলে ডাকলো।

লায়লা

ও ভাই সাহব, দো শিখর দীজিয়ে জরা।

প্রীতম

(একেবারে তাঁর কাছে গিয়ে)

ক্যায়া কহা মেমসাহব ?

লায়লা

দো শিখর

প্রীতম শিখর দুটি দিতেই, সে দুটি শিখরই মুখে পুরতে পুরতে তাঁর চোখে পড়ল - সামনেই তাঁর বস্ দাঁড়িয়ে।

হিব্বান

ক্যায়া খা রহী হো ?

লায়লা

আপ ক্যায়া খাউঁগী ?

হিব্বান

এক প্যাকেট ক্লেক ঔর পান।

প্রীতম এক প্যাকেট ক্লেক্ তাঁর হাতে দিল। সে তাঁর থেকে একটা সিগারেট ধরিয়ে ধোঁয়া ছাড়তে ছাড়তে বসলো লায়লার পাশে। আর প্রীতম তাঁদের সামনে দাঁড়িয়েই পান সাঁজছে।

হিব্বান
ক্যায়া হুয়া ? এক মহীনে সে ভী জ্যাদা হো গয়া, কুছ কর পায়ী ?
লায়লা
সির্ফ নাম সে ক্যায়া হোগা ? কুছ দিন পহলে প্রীতম নামক এক লড়কে কো দেখা থা। বাইক কে পীছে এক লড়কী কো বিঠাকর লে জা রহা থা। ওহী লড়কা প্রীতম হ্যায় ইয়া নহী কৈসে পতা করূঁ ? আজ সুবহ ভী গয়ী থী পত্রকারো কী ভীড় মে কৈমরা লেকর মগর কিসী নে মুঁহ নহী খোলা। ও লোগ হতাশ হোকর চলে গয়ে।
হিব্বান
ক্যায়া করূ। তসবীর লানে মে দের হো গয়ী। ইয়ে লো।
প্রীতম
পান লীজিয়ে বাবু।

হাত বারিয়ে পানটি তাঁর হাতে দেবার অছিলায়, আড় চোখে ফটো দেখে চমেক উঠলো প্রীতম! এ তো ওরই ফটো!

লায়লা (ফটো হাতে নিয়ে)
অরে! এহ তো ওহী লড়কা হ্যায়।
হিব্বান
বাইক কে পীছে এক লড়কী কো বিঠাকর লে জা রহা থা।
লায়লা
হাঁ-হাঁ।
হিব্বান
দেখনে মে কৈসী হ্যায়?
লায়লা
Excellent, এক খিলা হুয়া গুলাব। ... চাহিয়ে ?

হিব্বান
হাঁ-হাঁ, জরুর চাহিয়ে। তুমহারে চলে আনে কে বাদ এক মহীনে সে ভী জ্যাদা গুজর গয়া, তব সে ভূখা হূ। ইসকে অলাবা দল মে ভী তো ঔর লড়কিয়া চাহিয়ে।

প্রীতম
মৈডাম ৫০ রুপয়া।

টাকা নিয়ে প্রীতম দ্রুত সেখান থেকে চলে এলো এবং বন্ধুদের সকলকে সঙ্গে নিয়ে ট্যাক্সি স্ট্যান্ডে পৌঁছে একটা ট্যাক্সিতে উঠে বসলো। ট্যাক্সি ছুটে চললো Ma Road –এর উদ্দেশ্যে।

INTERIOR – SIRAJ'S HOUSE - NIGHT – 11:30

প্রীতম ও সিরাজ শোবার ঘরের দু-পাশের দুই চৌকিতে বসে দু'জনের মধ্যে কথা হচ্ছিল।

প্রীতম (ভুরু কুঁচকে)
একটা কথা আমার মনে বার বার ঘুরপাক খাচ্ছে – আমার ফটোটা ওরা পেল
কি করে। কাউকে ফটো তুলতেও দিলাম না অথচ ফটো চলে গেল জঙ্গিদের হাতে। আজ সকালে যদি আমি ইয়াসিনকে দিয়ে ঐ মেয়েটির সম্বন্ধে খোঁজ খবর না করাতাম, তা-হলে তো আমি কিছুই জানতে পারতাম না, আর আমাদের ডাল লেকেও যাওয়া হতো না।
সিরাজ
যে ভাবেই তোমার ফটোটা গিয়ে থাক, তার বিশ্লেষণে গিয়ে কাজ নেই। টাকার লোভে অনেকেই অনেক কিছু করে থাকে। নিজের বউকে পর্যন্ত টাকার লোভে পরপুরুষের হাতে তুলে দেয়। তুমি তো কোন ছাড়। তবে এখন থেকে তোমার চলা-ফেরায় খুব সাবধানতা অবলম্বন করতে হবে।
প্রীতম (ক্ষণিক চিন্তা করে)
দ্যাখো, ওরাও আমাকে খুঁজছে আর আমিও ওদের খুঁজছি। একটা ব্যাবস্থা নিতেই হবে। কাল ...। কাল তোমাকে একটা কঠিন কাজ করতে হবে।
সিরাজ
কি এমন কঠিন কাজ?
প্রীতম
লায়লা যদি সকালে বেরোয় –

সিরাজ

বেরোয় মানে, অবশ্যই বেরোবে। কারন, সে তোমার ফটো পেয়ে গেছে। সে চেষ্টা করবে যত শীঘ্র সম্ভব তোমাকে পাকড়াও করে জালে তুলে নিতে। তারপর প্রেমের জোয়ারে মাতিয়ে খেলিয়ে খেলিয়ে, গোপন জায়গায় নিয়ে গিয়ে পিস্তলের তিন গুলি - ঠুস্-ঠুস্-ঠুস্। ব্যস সমাপ্ত।

প্রীতম

শোন, কাজের কথা বলি – তুমি সকাল ৮ টায় চলে যাবে রয়্যাল হোটেলের সামনে। যে ভাবেই হোক লায়লাকে তুলে নিয়ে চলে যাবে ডাল লেকে, কম-সে-কম দু ঘন্টার জন্য। যাবার সময় আমাকে একটা ফোন করে জানাবে।

সিরাজ

O.kay. Good Night. আমি শুয়ে পড়লাম, ভোরে উঠতে হবে।

প্রীতম

হাঁ। আমিও শুয়ে পড়ছি এখনি।

আলোটা নিভিয়ে দেওয়ার জন্য চৌকি থেকে নামতেই রিং বেজে উঠলো ওর মোবাইলে। সঙ্গে সঙ্গে প্রীতম আবার বিছানায় উঠে বসলো এবং ফোনটা তুলে নিল হাতে। দেখলো রাঠোর সাহেব।

প্রীতম (আশ্চর্য)

স্যার! আপনি এত রাতে ...

রাঠোর সাহেব

যে কাজ তুমি আমায় ধরিয়ে দিয়েছ, তা শেষ না করে কি করে বাড়ি যাই বলতো ? আর আমার কাছে এটা একটা চ্যালেঞ্জও বটে। বলতে পারো এটা একটা আবিষ্কারও।

প্রীতম

তার মানে আপনি বাড়ি না গিয়ে রাত জেগে কাজ করছেন?

রাঠোর সাহেব

শোন প্রীতম, তোমার Jangi Rat পরীক্ষায় Successful - আর এখন Butterfly-এর কাজ চলছে। আশাকরি দিন-চারেকের মধ্যেই এই কাজটিও Complete হয়ে যাবে।

প্রীতম

ধন্যবাদ স্যার। অনেক অনেক ধন্যবাদ আপনাকে। আপনি রাত জেগে ...আমাদের জন্য ... এ তো আপনার বিশাল sacrifice - কাল আমি একজনকে পাঠিয়ে দেবো আপনার helper হিসাবে।

রাঠোর সাহেব

Thank you. Good night.

EXTERIOR – HAZRABAL ROAD – DAL LAKE & SONWAR P.S. - 8:00 a.m

পরদিন সকাল ৮টা। সিরাজ বাইক নিয়ে এসে দাঁড়াল রয়্যাল হোটেলের সামনে, হাজরাবল ফুটপাতের চায়ের দোকানে। বাইকটি ষ্ট্যান্ড করে সে একটা চা-এর অর্ডার দিয়ে বেঞ্চটায় বসলো। ঘন ঘন দৃষ্টি ফেলতে লাগল ঐ হোটেলের গেটে – কখন লায়লা বেরিয়ে আসে। চা খেতে খেতে সহসা এবার দেখল – গতকাল ডাল লেকে দেখা ঐ সুন্দরী মেয়েটি আসছে। তাড়াতাড়ি গরম চা-টা পান করতে লাগল সে। মেয়েটি কাছাকাছি চলে আসতেই সিরাজ চা-এর ভারটি ফেলে দিয়ে উঠে গেল তাঁর কাছে।

সিরাজ

হ্যালো ম্যাডাম, ক'টা বাজে?

লায়লা

আট-টা তিরিশ।

সিরাজ

ম্যাডাম, একটা কথা জিজ্ঞেস করবো ? যদি কিছু মনে না করেন।

লায়লা

না-না। আপনি বলুন।

সিরাজ

বেশ কয়েক দিন ধরেই দেখছি, আপনি একা-একাই ঘুরছেন।

লায়লা

কি করবো, সাথি তো আর কেউ নেই।

সিরাজ

হায়-হায়! কি দুর্ভাগ্য আমাদের। আমারও কেউ নেই।

লায়লা (মৃদু হেসে)
আপনি সাথি হবেন আমার ?
সিরাজ (আহ্লাদে আটখানা)
উঃ। আমি পাগল হয়ে যাবো। আপনার মতো সুন্দরীর সাথির অফার! এ স্বপ্ন না সত্যি !
লায়লা (হাসতে-হাসতে)
দু-টোই। স্বপ্ন এবং সত্যিও।
সিরাজ
যাকগে, স্বপ্ন হোক বা সত্যি – কাছে তো পেয়েছি। কি বলে যে আপনাকে –
লায়লা
না-না, আপনি নয় – তুমি।
সিরাজ
হাঁ-হাঁ। তুমি-তুমি। আচ্ছা, তোমার নামটা তো জানা হলো না। আমার নাম লতিফ। তোমার ?
লায়লা
আমার নাম লায়লা --
সিরাজ
বাঃ। কি মিল দেখেছো। লায়লা-লতিফ, লতিফ-লায়লা। চলোনা লায়লা, আজ এই বন্ধুত্বের মুহূর্তকে স্মৃতি হিসাবে ধরে রাখতে, "ডাল্ লেকে" ঘুরে আসি। মোটর বোটে ঘুরবো, হোটেলে খাব-দাব, গল্প করবো, আরও অনেক কিছু। মনের ডোরে তো আমাকে বেঁধেই ফেলেছো, আর তোমার বাহুর আলিঙ্গনেও আমি বাঁধা পড়তে চাই। নাও – উঠে বসো।

লায়লার চোখে-মুখে হাল্কা হাসির উচ্ছ্বাস। সিরাজ বাইকে উঠে বসলে সঙ্গে সঙ্গে লায়লাও উঠে বসলো ওর পিছনে - ওর কাঁধে হাত রেখে। বাইকটি স্টার্ট নিয়ে ছুটে চল্ল হাওয়ার গতিতে। মাইল খানেক গিয়ে ফুটপাথ ঘেঁষে বাইকটি থামিয়ে ওরা নেমে দাঁড়াল।

সিরাজ
লায়লা, তুমি একটু দাঁড়াও। আমি সিগারেট কিনে নিয়ে আসছি। তুমি খাবে কিছু?

লায়লা
কয়েকটা শিখর নিয়ে এসো।

সিরাজ রাস্তা পার হয়ে ওপারের পানস্টলে গেল। শিখর ও সিগারেটের অর্ডার দিয়ে, মোবাইলে কল করলো প্রীতমকে -একটু আড়াল থেকে। প্রীতম তখন ও.সি ও কর্নেল সাহেবের সঙ্গে থানায় বসে একটা সিরিয়াস আলোচনায় ব্যস্ত ছিল। ইত্যবসরে ওর মোবাইলে রিং বেজে উঠলে ও ফোনটি তুলে কানে ধরলো।

সিরাজ
হ্যালো প্রীতমদা, আমি লায়লাকে নিয়ে ডাল লেকে যাচ্ছি।
প্রীতম
মনে রেখো, কম-সে-কম দু ঘন্টার আগে ফিরবে না।
সিরাজ
ও.কে বস। তবে আমাদের ফিরতে ফিরতে চারটে বাজবে। Please, কিছু মনে করো না।
প্রীতম (কান থেকে ফোন নামিয়ে)
আমাকে এখনই বেরতে হবে। মিটিং-এর মাঝখানে উঠে যেতে হচ্ছে, এজন্য আমাকে ক্ষমা করবেন স্যার। তবে হাঁ, আজকের ঘটনার উপর বেস করে কি খবর হয়, বিকেল ৫ টার মধ্যেই আমি আপনাদের সব জানিয়ে দেবো। আসি।

কর্নেল সাহেব
ঈশ্বরের কাছে প্রার্থনা করি, তোমার কাজ সফল হোক। Thank you -

ব্রীফকেস্ হাতে নিয়ে প্রীতম বেরিয়ে পড়ল এবং বাইকে উঠে স্টার্ট দিয়ে চলে গেল।

INTERIOR – ROYAL HOTEL – 10:00 A.M

প্রীতম রয়্যাল হোটেলের পারকিং জোনে বাইকটি ষ্ট্যান্ড করে, সোজা ঢুকে গেল ম্যানেজারের চেম্বারে। তাকে নমস্কার করে নিজের I. CARD-টি

দেখিয়ে ইশারায় বললো – তিনি যেন এখন বেয়ারাকে এই ঘর থেকে চলে যেতে বলেন।

ম্যানেজার

রাম সিং তুমি দরজাটা ভেজিয়ে বাইরে গিয়ে বসো। কেউ এলে বলবে ১০ মিনিট পরে আসতে।

রাম সিং

হাঁ সাহাব, আমি যাচ্ছি।

ম্যানেজার

অনুগ্রহ করে চেয়ারে বসুন।

প্রীতম (চেয়ারে বসল)

আমি একটা ভীষন জরুরি কাজে এসছি। আমাকে আপনার সহযোগিতার প্রয়োজন। আমাকে চিনতে অসুবিধা হচ্ছে না-তো?

ম্যানেজার

তুমিই সেই প্রীতম তো ? হম এক মিশনের কর্ণধার।

প্রীতম

এই তো ঠিক চিনেছেন।

ম্যানেজার

বলুন, আপনাকে কি ভাবে আমি সাহায্য করতে পারি।

প্রীতম

এই দিন দুই-তিনেক আগে লায়লা নামে ১৯/২০ বছরের একটা মেয়ে আপনার হোটেলে এসে উঠেছে। সে কি একাই থাকে, না-কি তাঁর সঙ্গে আর কেউ থাকে ?

ম্যানেজার

একাই থাকে। তবে গতকাল সন্ধ্যায় এক ব্যাক্তি এসেছিলেন, রাত ন'টায় তিনি চলে গেছেন।

প্রীতম

তাঁর ঘরের চাবিটা আমায় দিন।

ম্যানেজার

কিন্তু কি ভাবে দেব ? তাঁর consent ছাড়া।

প্রীতম

কিন্তু না দিলেই আপনি আইনে ফেঁসে যাবেন। আপনি ওদের'ই দলের কেউ বলে প্রমাণিত হয়ে যাবেন। আপনার ভয়ের কিছু নেই। আমি থানার Permission নিয়ে এসছি। চাইলে আপনি ফোন করে জেনে নিতে পারেন। আর লায়লা, কম-সে-কম ৪/৫ ঘন্টার আগে সে আসছে না। দিন, চাবিটা দিন।

ম্যানেজার (ড্রয়ার থেকেচাবি তুলে)

এই নিন চাবি। ২২ নং ঘর, দোতলায়।

প্রীতম চাবি নিয়ে দ্রুত দোতলায় উঠে এলো এবং ২২ নং ঘরের দরজা খুলে ভিতরে ঢুকে শিটকিনি আটকে দিল। অটো এ.সি. দু'টো বড় বড় ঘর। আসবাবপত্রে সাজানো। কাচে ঢাকা দেয়াল আলমারির ভিতর থাকে-থাকে বেশ কয়েকটি দামি বিদেশি মদের বোতল। ঘরের চার দেয়ালে সিলিং থেকে ঝুলছে নীল রঙের মোটা সিল্কের পর্দা।

ঘরের ভিতর ছিল ছোট একটা Dining Table - সেটিকে টেনে নিয়ে গেল দেয়ালের ধারে। তার উপর ব্রীফকেসটা রেখে তার থেকে বার করলো –৩টি ভি.ডি.ও ক্যামেরা ও কিছু যন্ত্রপাতি। প্রীতম সেই টেবিলের উপর দাঁড়িয়ে উপরের দিকে পর্দা ফুটো করে, তিন দেয়ালে তিনটি ভি.ডি.ও ক্যামের বসিয়ে রাখলো। বিছানার নিচে পেল একটা Diary - তাতে লেখা কয়েকটি ঠিকানা ও মোবাইল নাম্বার। চারটে সিম কার্ড ও পাঁচটি ভোটার কার্ড। ক্যামেরায় এগুলোর ফটো তুলে এবং Diary থেকে নাম ও নাম্বারগুলো টুকে নিয়ে, সেগুলো আবার জায়গামতো রেখে দিল।

আলমারির ভিতর মদের বোতলের পিছনে পেল একটা পিস্তল। সেটিকে নেড়েচেড়ে আবার রেখে দিল জায়গামতো।

বাথরুমের উপরে ডান দিকের কোণে এক ইঞ্চি বোরের একটা ফুটো করল – ড্রীল মেশিন দিয়ে। সেটি জ্যাম করলো পর্দার কাপড় কেটে নিয়ে।

সব শেষে রিমোট কন্ট্রোলে ভি.ডি.ও ক্যামেরা তিনটি অন করে বেরিয়ে

এলো সে। এবং দরজা লক করে নিচে এসে ম্যানেজারকে চাবিটা ফেরৎ দিল।

প্রীতম
সাবধান! আমি এসেছিলাম কেউ যেন না জানে।

সহসা ওর ফোনে রিং বেজে উঠলে, সে মোবাইলটা কানে ধরে দরজার দিকে এগিয়ে যেতে যেতে–

প্রীতম
হাঁ। আমি প্রীতম বলছি।

ডাল লেকে সিরাজ তখন মোবাইল কানে ধরে মোটর বোটে বসে। আর লায়লা পেছন থেকে ওকে জাপটে ধরে কি-না করছে। কখনো কান কামড়াচ্ছে, গালে চুমু খাচ্ছে কখনো বা বুকে-পেটে চিম্‌টি কাটছে।

সিরাজ
আর বলো কেন? লায়লা আমকে পাগল করে দিচ্ছে। তোমার সাথে দেখা করিয়ে দিতে হবে। আঃ! কি হচ্ছে কি ? ছাড়বে তো, শেষে কিছু একটা দুর্ঘটনা ঘটে গেলে। আমি নিজেকে আর সামাল দিতে পারছি না, Please - কথা দিচ্ছি – আজই আমি প্রীতমের সঙ্গে তোমাকে সাক্ষাৎ করিয়ে দেবো। ছাড়ো এখন। হাঁ, বলো প্রীতম কি বলছিলে।

প্রীতম
ঠিক আছে। আমি Hmalayan Restuarent-এর Three Star কেবিনে থাকবো। বিকেল ৪ টায়। ও.কে.।

INTERIOR – HIMALAYAN RESTUARENT – 4:00 P.M

*** হিমালয়ান রেষ্টুরেন্ট ***

প্রীতম দোতলায়, রাস্তার গা-ঘেঁষা কেবিনটায় বসে আছে জানলার পাশে –

পর্দা সরিয়ে। সময় অনেক পেরিয়ে গেল। রাস্তা দিয়ে কত লোক, কত গাড়ি আসছে যাচ্ছে। কিন্তু ওদের দেখা নেই। ঘড়ির কাটা ১ মিনিট করে এগোতে এগোতে এখন ৪-২০ বাজে। বেয়ারা এসে আর এক কাপ চা দিয়ে গেল। এই নিয়ে ৩ টে চা আর ৫ নং সিগারেট চলছে।

সহসা সে সিরাজকে দেখল, বাইকের পিছনে লায়লাকে নিয়ে এসে থামলো রাস্তার উপর, রেষ্টুরেন্ট ঘেঁষে। বাইক থেকে নেমে ওরা হন-হন করে উঠে গেল দোতলায় এবং পর্দা সরিয়ে ঢুকলো প্রীতমের কেবিনটায়।

সিরাজ
আমি এখন চলি প্রীতমদা। লায়লাকে পৌঁছে দিয়ে গেলাম। আমার কাজ আছে।
প্রীতম
ওয়েলকম ম্যাডাম ওয়েলকম। আপনার জন্যই অপেক্ষা করছি। বসুন।
লায়লা
(বিস্ফারিত দৃষ্টি ছুড়ে দিল)
এই সেই তুমি!
তোমার এই চোখ, এই নাক –
এই গোলাপ পাপড়ি অধর –
আমাকে মনে করিয়ে দেয়,
বহু জন্ম জন্মান্তরের –
সঙ্গিনী হয়ে থাকা তোমাকে।
তুমি আমার। শুধু আমার।।

প্রীতম (হাত তালি দিল)
অপূর্ব! অসামান্য! তোমার বুদ্ধির তারিফ না করে পারছি না। আমি যে হারিয়ে যাচ্ছি তোমার কবিতার মধ্যে।

বেয়ারা এসে দু-জনার সামনে দু'টো লিমকার বোতল রেখে চলে গেল। লায়লা মৃদু হেসে নিজের দু'হাতের মধ্যে ওর হাতখানি চেপে ধরল এবং অপলক দৃষ্টিতে তাকিয়ে রইল প্রীতমের চোখে।

লায়লা

আজ আমার বার্থ ডে। তুমি আমার স্পেশাল গেষ্ট। তোমার অতি অবশ্যই আসা চাই।

প্রীতম

(হাসতে হাসতে বললো)

অবশ্যই যাব। আজ আমি খুব লাকি! প্রথম সাক্ষাতেই তোমার মতো সুন্দরীর অফার। ক'টার সময় যাব বলো? আর কোথায়?

লায়লা

রাত ন'টায়। রয়্যাল হোটেল। ২২ নং ঘর, দোতলায়। এখন চলি আমার লিমকা-টা তুমি খেয়ে নিও।

প্রীতম

তোমার এই অনুষ্ঠানের পার্টি কতক্ষন চলবে?

লায়লা

কেন? সারারাত। তোমাকে নিয়ে সারারাত। আসি – টা-টা।

প্রীতম (ওর হাত ধরল)

আর কিছুক্ষণ থাকলে হতো না।

লায়লা

রাগ করোনা Please. আমাকে এখন যেতেই হবে। তুমি অবশ্যই এসো।

কথা কয়টি বলেই লায়লা, ঝট্ করে প্রীতমের গালে একটা চুম্বন ছুঁয়ে চলে গেল সে - কেবিনের পর্দা সরিয়ে। প্রীতম তাজ্জব বনে গেল। ওকে কিছু বলারই সুযোগ দিল না সে। বোবা হয়ে ফ্যাল-ফ্যাল করে তাকিয়ে রইল লায়লার চলে যাওয়ার পথে।

লায়লার এইভাবে হঠাৎ চলে যাওয়া, তাঁর ব্যবহার ও কথা-বার্তার মধ্যে এমন এক অদ্ভুদ মোহময় আকর্ষণ ছিল যে, প্রীতম কিছুক্ষণ নির্বাক, নিশ্চল ও অপলক তাকিয়েই রইল সেই কেবিনের পর্দার দিকে। কিছুক্ষণ পর ওর সম্বিত ফিরে এলে, ওর মনে পরে গেল কর্নেল সাহেবকে তো ৫ টায় ফোন করার কথা ছিল। ঘড়ি দেখলো, ৫-২০। তুরন্ত মোবাইলে কল টিপে কানে ধরলো প্রীতম।

প্রীতম

হ্যালো কর্নেল সাহেব, আমার ফোন করতে একটু লেট হয়ে গেল।

কর্নেল সাহেব
ঠিক আছে। একটু দেরি হতেই পারে। বলো –
প্রীতম
একটা Emergency News আছে। আপনি কোথাও চলে যাবেন না। আমি ৭'টার মধ্যে আপনার ক্যাম্পে পৌঁছে যাচ্ছি।
কর্নেল সাহেব
ও.কে.। আমি অপেক্ষা করবো। তুমি সাবধানে এসো। ধন্যবাদ।

INTERIOR – ROYAL HOTEL – 9:00 p.m.

রাত ন'টা। প্রীতম ঢুকলো রয়্যাল হোটেলে – হাতে একরাশ গোলাপের তোড়া নিয়ে। উপরে ওঠার জন্য সিঁড়িতে পা রাখতেই ম্যানেজার ওর কাছে এগিয়ে এলো।
প্রীতম
খবর আছে কিছু?
ম্যানেজার
(এদিকে-ওদিকে তাকিয়ে)
আছে। সন্ধ্যা সাড়ে-সাতটা নাগাদ লায়লা ফিরেছে – হাতে ফুল, মিষ্টি আর কেক নিয়ে। সঙ্গে দু'জন পুরুষও আছে – স্যুট্-টাই পরা লম্বা-চওড়া চেহারার।
প্রীতম
অনেক অনেক ধন্যবাদ আপনাকে।
প্রীতম সিঁড়ি ধরে উপরে উঠে করিডোরে পা রাখতেই, সিরাজ কাছে এগিয়ে এলো।
প্রীতম
আমি ঘরে ঢুকবার পাঁচ মিনিট পর, Tear Gas Sylinder-এর সঙ্গে পাইপটা লাগিয়ে নিয়ে, দরজার কাছে রেডি থাকবে তুমি।

প্রীতম দোতলায় উঠে পর পর কয়েকটা ঘর ছেড়ে ডান হাতের ২২ নং ঘরের দরজার কাছে গিয়ে দাঁড়াল। কলিং বেল পুশ করতেই দরজা খুলে একমুখ হাসি নিয়ে দাঁড়াল লায়লা। প্রীতম ভিতরে ঢুকে গোলাপের তোড়াখানি তাঁর হাতে দিতেই, সে দরজা বন্ধ করে প্রীতমের হাত ধরে নিয়ে গিয়ে দাঁড়াল,

ফুল, মিষ্টি, কেক ও মোমবাতি দিয়ে সাজান টেবিলটার সামনে। লায়লা এক ফুঁয়ে মোমবাতি গুলি নিভিয়ে দিয়ে কেকটা কেটে ফেলল এবং তার এক টুকরো তুলে প্রীতমকে অর্দ্ধেকটা খাইয়ে দিয়ে বাকিটা নিজের মুখে পুরে নিল। টেবিল থেকে মিষ্টির প্লেট-টা তুলে প্রীতমের হাতে দিয়ে বললো –

লায়লা

তুমি এখানে বসে বসে খাও। আমি Dress Change করে আসছি।

এই বলে লায়লা ওকে ধরে নিয়ে গিয়ে সোফায় বসিয়ে চলে গেল। প্রীতমও তৎক্ষণাৎ উঠে তাঁর পিছু পিছু গিয়ে, পাশের ঘরে ঢুকে তাকে জাপটে ধরে কষিয়ে তাঁর গালে একটা চুম্বন দিতেই, সে ওকে ধাক্কা মেরে নিজেকে ছাড়িয়ে নিল।

লায়লা (মুচকি হেসে)

পাগলা কহীঁ কা। যাও এবার মিষ্টিটা খেয়ে নাও।

প্রীতম চলে এল এ-ঘরে। ম্যানেজার বললো, দু'জন ঘরে ঢুকেছে লায়লার সঙ্গে। কিন্তু কোথায় লুকিয়ে আছে তাঁরা? পাশের ঘরে তো কাউকে দেখল না। ঘর তন্ন-তন্ন করে খুঁজেও এদিক ওদিক কোথাও দেখতে পেল না তাঁদের। ছুটে গেল সে বাথরুমের কাছে। আলতো করে দরজাটা ঠেলে বুঝতে পারল, দরজা ভিতর থেকে বন্ধ। নিঃশব্দে বাইরে থেকে শিটকিনিটা সন্তর্পণে আটকে দিল প্রীতম। আলমারিতে রাখা মদের বোতল-গুলির পিছন থেকে পিস্তলটা তুলে এনে, গুলি ক'টা বের করে আবার সেটা রেখে দিল সেখানে। নিজের পিস্তলটা পায়ের মোজা থেকে বের করে বালিশের নিচে রেখে দিল।

অতঃপর সে ফিরে এসে সোফায় বসলো এবং মিষ্টির প্লেট-টা হাতে নিয়ে খেতে শুরু করলো।

কিছুক্ষণ পর। পর্দা সরিয়ে লায়লা বেরিয়ে এলো – টল্‌টলে ভরা যৌবন শরীরটায় হিল্লোল তুলে। অতি সূক্ষ্ম ফিনফিনে দুধ-সাদা স্লিপিং গাউন। অন্তর্বাসশূন্য শরীর। গলা, কাঁধ ও মুখমন্ডল থেকে যেন সোনা গলে গলে পড়ছে তাঁর সারা শরীর জুড়ে। কামনার অনলে ঝড় তুললো সে।

মন (প্রীতমকে শুধালো)
তুমি আবার দুর্বল হয়ে পড়ছো না তো?

প্রীতম (নিঃশব্দে)
না-না, আমার দুর্বল হওয়া সাজে না। আমাকে Successful হতেই হবে। আমার উপর দেশবাসীর অনেক আশা-ভরসা।

দৃঢ় স্থির হয়ে বসে রইল প্রীতম এবং দৃষ্টি সরিয়ে নিল অন্যদিকে। লায়লা দু'টো কাচের পানপাত্র ও একটা হুইস্কির বোতল নিয়ে এসে ওর সামনে টেবিলের উপর রাখল। পানপাত্র দু'টোতে হুইস্কি ঢেলে – একটা প্রীতমের হাতে ধরিয়ে দিল, আর অপরটি এক নিঃশ্বাসে সে পান করে নিল নিজে। তারপর শরীরের খাঁজে খাঁজে, প্রতিটা বিন্দুতে বিন্দুতে স্বর্ণালী যৌবনের হিল্লোল তুলে Sextual Dance-এ মেতে উঠলো সে। প্রীতম পানপাত্র থেকে হুইস্কিটা ফুলদানিতে ঢেলে, জামা-প্যান্ট ভিজিয়ে ও মুখে মেখে, বোতলটা হাতে নিয়ে উঠে দাঁড়াল। লায়লা এসে ওর হাত ধরে নিয়ে গাইতে লাগলো।

আমি যে তোমায় কত ভালবাসি,
সে কথা কি তুমি বোঝ না।
যতই দূরে তুমি এরিয়ে যাও না -
আজ আমি তোমায় তো ছাড়ব না।
তুমি আমার, আমি যে তোমার – তাই
তোমাকেই কাছে পেতে চাই।

নাচের ফাঁকে ফাঁকে প্রীতমও সুযোগ বুঝে অবশিষ্ট 'হুইস্কি'টুকু ঢালতে লাগল কখনো সোফায়, কখনো-বা এখানে-সেখানে।

জনম জনম মোরা রয়েছি সাথে,
আজও রবো তুমি আমি এক-ই সাথে।
আমার কাছে তো অনেক কিছুই আছে,
নাওনা লুটে তুমি, যত তোমার লাগে।
তুমি আমার, আমি যে তোমার – তাই
তোমাকেই কাছে পেতে চাই –

বেসামাল নাচতে নাচতে সুযোগ বুঝে সে, শেষ হুইস্কিটুকুও সোফায় ঢেলে খালি বোতলটা উপুর করে মুখে পুরে দিল – যেন সে পুরো হুইস্কিটা খেয়ে নিয়েছে। তাই সে আর টাল সামলাতে পারছে না। বোতলটা হাত থেকে খসে পড়ল। টলমল পায়ে প্রীতম তাকে বার বার ধরতে গিয়ে পড়ে যাচ্ছে, আর কখনো-কখনো বা লায়লা ওকে জাপটে ধরে তুলে নিয়ে – আদর করছে, চুমু খাচ্ছে।

আজ তুমি আমায় দিও না সরিয়ে
কাছে টেনে নাও শুধু নিজেরি করে
মধুময় করে তোল সুন্দর এই রাতটাকে
স্মৃতি হয়ে রবে তোমার আমার হৃদয়ে
তুমি আমার, আমি যে তোমার –তাই
তোমাকেই কাছে পেতে চাই –

প্রীতম বেহুঁশ হয়ে হুমড়ি খেয়ে পড়লো লায়লার গায়। লায়লা ওকে জাপটে ধরে নিয়ে বিছানায় শুইয়ে দিল। আলমারির ভিতর থেকে পিস্তলটা নিয়ে এসে, প্রীতমের বুকে ঠেকিয়ে ট্রিগার টিপলো – ফলস্। আবার টিপলো – ফলস্। আবার-আবার-আবার ... লায়লা আশ্চর্য! পিস্তল খুলে দেখলো একটা গুলিও নেই! তুরন্ত সে বিছানার তলা থেকে হাঙর ছুরিটা বার করে, দু'হাতে কষে ধরে মাথার উপর তুলে, যেই ওকে বিদ্ধ করতে যাবে – অমনি প্রীতম তাঁর হাত দুটি ধরে ফেললো এবং ধস্তাধস্তি করতে করতে প্রীতমের হাতে ছুরির আঘাত লাগলে – ও সটান মারলো এক লাথি। লায়লা ছিটকে গিয়ে মেঝেয় পড়েই আবার উঠে এলো দৌড়ে । প্রীতম বালিশের নিচ থেকে পিস্তলটা বার করতেই –

লায়লা (চেঁচিয়ে ডাকলো)
ইলিয়াস, আব্বাস, কোথায় তোমারা? এক্ষুণি এসো।

ইলিয়াস ও আব্বাস
(দরজায় ধাক্কা মারতে মারতে)
আমরা বাথরুমে ম্যাডাম, দরজা খুলুন।

লায়লা বাথরুমের দিকে দৌড় লাগাতেই, প্রীতম গুলি করে দিল তাঁর পিঠে।

লায়লা পড়ে গেল। রক্ত ছিটকে গলগল করে বেরিয়ে এসে তাঁর সারা পিঠ ভেসে যেতে লাগল।

প্রীতম দৌড়ে গিয়ে প্রবেশ পথের দরজা খুলে দিতেই – ও.সি ও কর্নেল সাহেব ঢুকে পড়লেন ঘরের ভিতরে।

সিরাজ ঢুকলো "টিয়ার গ্যাস সিলিন্ডার" হাতে। সঙ্গে সঙ্গে কমান্ডো বাহিনীও ঢুকে পড়ে পজিশান নিয়ে দাঁড়িয়ে পড়ল – হাতে এ.কে. ৪৭ মেশিনগানের নল বাথরুমের দিকে তাক করে।

প্রীতম

(কর্নেল সাহেবকে লক্ষ্য করে)

স্যার, এক্ষুণি একে হাস্‌পাতালে নিয়ে যাওয়ার ব্যবস্থা করুন।

সঙ্গে সঙ্গে কর্নেল সাহেবের ঈশারায় দু'জন কমান্ডো এসে লায়লাকে তুলে নিয়ে চলে গেল। প্রীতম, সিরাজের কাছ থেকে 'টিয়ার গ্যাস সিলিন্ডার'টা নিয়ে, বাথরুমের দরজার ঠিক উপরে ডান দিকের ছিদ্রে পাইপটা ঢুকিয়ে দিল এবং সিলিন্ডারের চাবি ঘোরাতেই বাথরুমের ভিতর বিষাক্ত গ্যাস ছড়িয়ে পড়তে লাগল। আর প্রীতম পাশে সরে গিয়ে দেয়াল ঘেঁষে দাঁড়িয়ে রইল।

কিছুক্ষণ রুদ্ধশ্বাস অবস্থা কাটতেই, দুই জঙ্গির শ্বাসকষ্ট শুরু হলো। তাঁরা ঘন-ঘন কাশতে লাগল। শেষে আর থাকতে না পেরে বাথরুমের ভিতর থেকেই ওরা উজি মেশিনগান চালিয়ে দিল। গুলিতে গুলিতে দরজা ঝাঁজরা হয়ে অসংখ্য গুলি অপর দিকের দেয়ালে ছুটে গেল।

এরপর কয়েক মুহূর্ত ক্ষণিক স্তব্ধতায় কেটে গেলে, কর্নেল সাহেবের ঈশারায় প্রীতম গিয়ে দরজার শিটকিনিটা খুলেই - আবার পাশে সরে গেল। সঙ্গে সঙ্গে এক জঙ্গি বেরিয়ে এলো মেশিনগান হাতে। গুলি চালাতে গিয়েও পারল না সে, পড়ে গেল। প্রাণ যায় যায় অবস্থা তাঁর।

সেই মুহূর্তে আর এক জঙ্গিও বেরিয়ে এলো কাশতে কাশতে – প্রাণ হাতে

নিয়ে। হাতের মেশিনগানটি ফেলে দিয়ে ছটফট করতে করতে শুয়ে পড়ল সে। কমান্ডোরা দ্রুত ওদের তুলে নিয়ে গেল বেস হসপিটালে।

প্রীতম কর্নেল সাহেবের হাতে তুলে দিল আরও অনেক প্রমাণ।

(১) তিনটি ভি.ডি.ও.সিডি –
(২) লায়লার পিস্তল ও পাঁচটি গুলি –
(৩) হাঙর ছুরি –
(৪) দুটি মোবাইল –
(৫) ডাইরি –
(৬) ৫টি ভোটার আই.ডি – এবং
(৭) ৪টি সিম কার্ড।

কর্নেল সাহেব
অনেক অনেক ধন্যবাদ তোমাকে। আমরা আজ অত্যন্ত গর্বিত তোমার জন্য। যে মা তোমাকে জন্ম দিয়েছেন, তিনি সাধারন মা নন। তাঁর চরণে আমার শত কোটি প্রণাম। তিনিই আমাদের "ভারত মাতা"। আর এই ভারত মাতার যোগ্য সন্তান তুমি। তোমাকে সালাম।

সকলেই প্রীতমের উদ্দেশ্যে জাতীয় পতাকা'কে সালাম জানাল এবং সেই সঙ্গে প্রীতমও ...

INTERIOR – HOSTEL ROOM – IIT/DELHI 11:00 A.M.
কয়েকদিন পর – সময় সকাল ১১ টা। আই.আই.টি কলেজের হোস্টেল রুমে মেঝেয় বসে প্রীতম। কল টিপে মোবাইল কানে ধরলো সে।

প্রীতম
হ্যালো রাঠোর সাহেব, Good Morning. আমি প্রীতম বলছি হস্টেল রুম থেকে। অনুগ্রহ করে আপনি যদি একটু হানিফ ও হায়দার সহ ওদের পাঁচ জনকে আমার এখানে পাঠিয়ে দেন, তাহলে খুব ভাল হয়।

Prof. রাঠোর সাহেব
হাঁ, আমি এক্ষুণি পাঠিয়ে দিচ্ছি। আর তুমি চলে যাওয়ার সময় আমার সঙ্গে একবার দেখা করে যাবে।

প্রীতম
Yes sir.

কিছুক্ষণ পরই ঘরে ঢুকলো ওরা। হানিফ, হায়দার, জামিল, ইকবাল ও কামাল এক-এক করে এসে ওর পাশে বসে ওর সঙ্গে হাত মেলালো।

হানিফ
আবারও তোমার মিশন সাকসেস। নুয়ালা গ্রামে দশ জঙ্গি পুড়ে ছাই।

হায়দার
দিন কয়েক আগের রয়্যাল হোটেলের ঘটনাটাও পেপারে উঠেছে। সারাদেশ জুড়ে আওয়াজ উঠেছে – তোমাকে একবার টি.ভি. চ্যানেলে সাক্ষাৎকার দিতে। ডিফেন্স মিনিষ্টারকে ঘিরে ধরেছে – তোমার একটা ছবি প্রকাশ করতে।

প্রীতম
শোন হায়দার, আমরা এতে খুশি নই। আমরা নিজেদের প্রকাশ করবো সেদিন, যেদিন তোমরা নিশ্চিন্তে ঘরে ফিরতে পারবে। যেদিন আমাদের দেশের লোক শান্তিতে ঘুমোতে পারবে, সেদিন। এখন বলো, তোমরা আমাকে সাহায্য করবে বলেছিলে –

হানিফ
হাঁ। নিশ্চই করবো। আমরা সবাই রাজি। তোমার নির্দেশের অপেক্ষায় আছি।

প্রীতম
তবে তোমরা সবাই আমার হাতের উপর হাত রাখো।

প্রীতম হাত রাখলে, সঙ্গে সঙ্গে সবাই ওর হাতের উপর হাত রাখলো।

প্রীতম
আমি যা-যা বলবো, অবিকল তাই বলবে। অর্থাৎ দেশমাতৃকার কাছে আমরা সবাই প্রতিজ্ঞাবদ্ধ হবো। বলো – "জঙ্গিসহ জঙ্গি ঘাঁটি ও ট্রেনিং সেন্টারগুলি ধ্বংস করবই করবো"।

হানিফ, হায়দার
জামিল, ইকবাল ও কামাল

"জঙ্গিসহ জঙ্গি ঘাঁটি ও ট্রেনিং সেন্টারগুলি ধ্বংস করবই করবো"।

প্রীতম

"সাধারন লোকের মন থেকে আতঙ্কের ভীতি দূর করবই করবো"।

হানিফ, হায়দার

জামিল, ইকবাল ও কামাল

"সাধারন লোকের মন থেকে আতঙ্কের ভীতি দূর করবই করবো"।

প্রীতম

"এই প্রতিজ্ঞা আমরা যে কোন মূল্যে পালন করবই করবো"।

হানিফ, হায়দার

জামিল, ইকবাল ও কামাল

"এই প্রতিজ্ঞা আমরা যে কোন মূল্যে পালন করবই করবো"।

প্রীতম

"মানুষের সেবাই পরম ধর্ম, পরম জ্ঞান ও পরম শান্তি"।

হানিফ, হায়দার

জামিল, ইকবাল ও কামাল

"মানুষের সেবাই পরম ধর্ম, পরম জ্ঞান ও পরম শান্তি"।

প্রীতম

"জয় হম্ এক মিশন"।

হানিফ, হায়দার

জামিল, ইকবাল ও কামাল

"জয় হম্ এক মিশন"।

হায়দার

আজ ওরা সোয়াট দখল করে নিয়েছে। সেখানে তালিবানি রাজ চলছে। কাল পুরো পাকিস্তান নিয়ে নেবে, আর আমাদের ধরে ধরে সন্ত্রাসবাদী বানাবে – তা হতে দেব না।

ইকবাল

ওদের গোঁড়া উপড়ে ফেলতেই হবে।

প্রীতম

ধন্যবাদ। ধন্যবাদ তোমাদের সকলকে। আর হানিফ, তোমাদের তো ট্রান্সপোর্টের ব্যাবসা – তোমার আব্বাকে বলে যদি ৪/৫ টি বাস রেডি রাখতে পার -

হানিফ

কবে লাগবে?

প্রীতম

কয়েক দিনের মধ্যেই তারিখটা জানিয়ে দেব। আর হাঁ, সঙ্গে লাখ পাঁচেক পাকিস্তানি টাকা যেন সে ড্রাইভারের হাতে পাঠিয়ে দেয়। তার আগেই আমি সমপরিমান টাকা তোমার আব্বার একাউন্টে জমা করে দেব। তাঁর একাউন্ট নাম্বারটা আমাকে দিও।

হানিফ

হাঁ-হাঁ দেবো। আপনি নিশ্চিন্ত থাকুন। সব ঠিক হয়ে যাবে দাদা।

INTERIOR – GOFUR MINYA'S GARDEN HOUSE 5:00 a.m.

পরদিন ভোর পাঁচ'টা। গফুর মিঞার বাগান বাড়িতে সব সদস্যদের সঙ্গে নিয়ে প্রীতম ও ইয়াসিন Jangi Rat-এর কাজে অত্যন্ত ব্যস্ত। কাজ হলো - Rat-এর খোলের ভিতর RDX ভরে নিয়ে খোল Pest করে দেওয়া।

প্রীতম

ইয়াসিন, Butter Fly গুলো কি সব হয়ে গেছে?

ইয়াসিন

হাঁ, হয়ে গেছে। ছ'হাজারের কিছু বেশি আছে। আর লাগবে কি?

প্রীতম

না। কাল সকালে তুমি কলেজে গিয়ে সিরাজকে পাঠিয়ে দেবে। সে যেন আসবার সময় Jangi Rat-এর Complete Board গুলি নিয়ে আসে।

ইয়াসিন

ও.কে।

INTERIOR - RESEARCH ROOM - I.I.T INSTITUTE – DELHI – 10:30 a.m.

কলেজ গবেষণাগারে সিরাজ, রজ্জাক, গোলাম ও হানিফরা পাঁচ বন্ধু মিলে অতিব্যস্ত Jangi Rat-এর Board ও Software-গুলি নিয়ে। মাঝে মাঝে প্রফেসর রাঠোর সাহেব এসে ওদের সঙ্গে হাত লাগাচ্ছেন। এবং কখনো

কখনো-বা
কিছু কিছু Instruction-ও দিচ্ছেন।
গোলাম
স্যার একটু এদিকে আসবেন?
রাঠোর সাহেব (কাছে এলো)
বলো কি সমস্যা।
গোলাম
এই Board-এ Software কাজ করছে না।
রাঠোর সাহেব(Board-টি হাতে নিয়ে)
তুমি এই Resistance-টা ৩৩০ Ohms এর জায়গায় ৩৩০ k
লাগিয়েছ। Change করো।
গোলাম
Okay.

EXTERIOR – COMPUTER HOUSE – BATAMALO HWY. ROAD – 5:00 p.m.

বিকেলে প্রীতম, ও.সি ও কর্নেল সাহেবকে দেখাতে নিয়ে গেল, ওদের কেনা "Computer House" টি। শ্রীনগর শহর ছাড়িয়ে পশ্চিমে প্রায় তিন কিলোমিটার দূরে Batamalo Hwy. Road-এর উপর, এক ফাঁকা জায়গার মধ্যে বেশ বড়সড় এই তিনতলা বাড়ি। উপরে টাওয়ার। এখন Painting-এর কাজ চলছে। সামনে ও বাঁ-পাশে অনেকখানি খোলা জায়গা। রয়েছে গাড়ি পার্কিং এর সুন্দর ব্যবস্থা এবং চারদিক ঘিরে আছে তারকাঁটা বেষ্টন করে উঁচু প্রাচীর। সামনে প্রবেশ পথে চওড়া ও উঁচু গেট আর Security Room.

প্রীতম
স্যার, কেমন লাগলো বাড়িটা?
কর্নেল সাহেব
Beautiful ... Very Nice.

ও.সি.

আমার তো খুবই ভাল লেগেছে। অফিসের একঘেয়েমি কাটাতে মাঝে মাঝে এখানে এসেও কাজ করতে পারবো। Thank You – প্রীতম।

প্রীতম

হয়তো দিন পনেরোর মধ্যেই কাজটি সম্পূর্ন হয়ে যাবে। ইচ্ছা আছে কাল বা পরশু থেকেই এখানে পাহারার ব্যবস্থা করবো। এজন্য আপনাদের ঐকান্তিক সহযোগিতা চাই।

ও.সি.

এমনিতে আমার থানায় পুলিশ কম আছে। তবু কথা দিচ্ছি, তিন --শিফ্টে দু'জন করে পুলিশ ২৪ ঘন্টার জন্যই কাল থেকে পাহারায় থাকবে। আর রাতের দিকে পুলিশ ভ্যানের টহলদারি থাকবে ঘন্টায় ঘন্টায়।

কর্নেল সাহেব

আগামী পরশু থেকে তোমার এখানে ২০ জন আর্মি ও একটা ট্রাক সব সময়ের জন্য রিজার্ভ থাকবে। এদের থাকা খাওয়ার ব্যবস্থা তোমায় করতে হবে।

প্রীতম

অবশ্যই। নিচের তলার বড় ঘর দু'টি আমি ছেড়ে দেব। ধন্যবাদ আপনাদের। অসংখ্য ধন্যবাদ।

EXT–SARAI ROAD/DELHI TO KASHMIR–via-I.I.T COLLAGE-12:30 p.m.

২১ দিন পর, প্রীতমকে দেখা গেল দিল্লীর "ADVANCE ELECTRONICS"-এর দোকানে বসে টাকা PAID করতে। সিরাজ ও ইয়াসিন বড় বড় পেটিগুলি কুলিদের মাথায় চাপিয়ে দিচ্ছে, আর তাঁরা সেগুলি নিয়ে গিয়ে বাসে তুলে সাজিয়ে রাখছে। অন্তত গোটা পঞ্চাশেক পেটি হবে।

এরপর ওরা সবাই বাসে উঠে পড়লে ড্রাইভার স্টার্ট দিয়ে বাস ছেড়ে দিল। মিনিট দশেক চলার পর বাসটি আবার থামল, I.I.T Engineering College-এর গেটের মুখে। সেখান থেকে উঠল দু'জন প্রফেসর ও প্রাক্তন তিন ইঞ্জিনিয়ার ছাত্র। রজ্জাক ও গোলাম উঠল বড় বড় তিনটি ট্রাঙ্ক নিয়ে।

সবশেষে উঠল – হানিফ, হায়দার, জামিল, ইকবাল ও কামাল। ড্রাইভার বাস ছেড়ে দিল।

প্রীতম (উঠে দাঁড়াল)

আপনাদের সকলকে আমার আন্তরিক শ্রদ্ধা ও ধন্যবাদ। আপনাদের মধ্যে চার জনকে আমি বলিনি, তা-সত্ত্বেও যে আমাদের সহযোগিতার জন্য আপনারা পাশে এসে দাঁড়িয়েছেন, তজন্য আমি যারপরনাই কৃতজ্ঞ। আপনাদের নামগুলি জানাতে অনুরোধ করছি।

তাঁরা প্রত্যেকে এক-এক করে হাত তুলে নিজেদের পরিচয় জ্ঞাপন করলো।

আমি, Ex-Prof. ----- গজেন্দ্র সিং।
আমি, Ex-Student ---- বিক্রম রাই।
আমিও, Ex-Student – অজয় কাপুর।
আমিও, Ex-Student – বিজয় খান্না।

Ex-Prof. গজেন্দ্র সিং

আমি পেপার ও টি.ভি নিউজে তোমাদের আত্মত্যাগ ও পর পর কয়েকটি কাজের সফলতা দেখে নিজেকে খুব ছোট মনে হচ্ছিল এবং আক্ষেপ হচ্ছিল – আমার দ্বারা কিচ্ছু হলো না – জীবনটাই বৃথা। যদি তোমাদের সাথে একটু যোগাযোগ করা যেত, এই বয়সেও যদি সামান্যতম কোন কাজে তোমাদের Help করতে পারি, এই ভেবে রাঠোর সাহেবকে জানাতেই, তিনি ব্যবস্থা করে দিলেন। আজ আমি অত্যন্ত Happy. অনেক অনেক ধন্যবাদ তোমাকে প্রীতম।

Ex-Student – বিজয় খান্না

আমাদের তিন জনের মনের কথাও তাই। আমরাও রাঠোর সাহেবের Through দিয়ে এসছি। যদি আমরা, তোমার দেয়া কাজের দায়িত্বগুলি সঠিক ভাবে পালন করতে পারি, তবে নিজেদেরকে ধন্য মনে করবো।

সারা রাত পেরিয়ে ভোর ৫ টায় বাস এসে দাঁড়াল Computer House-এর গেটের মুখে। একজন Guard এসে গেট খুলে দিতেই বাসটি ঢুকে পড়ল ভিতরে। অন্যান্য সদস্যরা ঘর থেকে বেরিয়ে এসে সিরাজের তত্ত্বাবধানে বাস থেকে মালগুলি নামিয়ে নিয়ে Computer House-এ

ঢুকিয়ে দিতে লাগলো।

INTERIOR – COMPUTER HOUSE – 5:00 p.m.

বিকেল ৫ টা। প্রীতম বাইক নিয়ে ঢুকল Computer House-এ – সঙ্গে প্রিয়া। ডানদিকে গাড়ি পারকিং স্থলে বাইকটি ষ্ট্যান্ড করে প্রিয়াকে নিয়ে উঠে গেল দোতলার হলঘরটায়। সেখানে তখন প্রায় সকলের উপস্থিতিতে চা-এর আসর বসেছে। ও প্রিয়ার হাত ধরে ওখানে গিয়ে দাঁড়াল সকলের মাঝখানে।

প্রীতম

এর নাম প্রিয়া। আমার জীবনসাথি, আমার শক্তি, আমার প্রেরনার উৎস। আমার সব – সব কিছু। যুদ্ধ সমাপ্ত করে ফিরে এসে ওকে বিয়ে করবো আমি। আমাদের আশীর্বাদ করুন।

প্রিয়া ও প্রীতম দুজনেই – একে একে রাঠোর সাহেব, গজেন্দ্র সিং, ও.সি ও কর্নেল সাহেবের পা ছুঁয়ে প্রণাম করলো এবং তাঁরা প্রত্যেকেই আশির্বাদ করলো –

Prof. রাঠোর সাহেব

আশীর্বাদ করছি, তোমরা সুখি হও।

Ex-Prof. গজেন্দ্র সিং

জন্ম-জন্মান্তর তোমদের এই জুড়ি অটুট থাকুক।

ও.সি.

ঈশ্বর যেন তোমাদের সর্বদা মঙ্গল করেন।

কর্নেল সাহেব

তোমরা সকল মানুষের ভালোবাসা ও আশীর্বাদ যেন পাও।

কলেজ সতীর্থ ও বন্ধুরা, করমর্দন করে ওদের মঙ্গল প্রার্থনা করলো। প্রীতম নিজের হাতের আংটি খুলে প্রিয়ার অনামিকা আঙুলে পরিয়ে দিল – আর সবাই মিলে তখনি হাত-তালি দিয়ে ওদের এই শুভ মুহূর্তকে চিরস্মরনীয় করে তুলে রাখল যে-যার অন্তরে।

প্রীতম

এবার তা-হলে আসি আমরা। ওকে বাড়ি পৌঁছে দিয়েই চলে আসবো।
রাঠোর সাহেব
হ্যাঁ এসো। তবে সাবধান ও সতর্ক হয়ে পথ চলবে।

EXTERIOR – BATAMALO – TO – MUNAWAR LINK ROAD – 6:00 p.m.

প্রীতম আবার বাইক নিয়ে চললো প্রিয়াকে তাঁর বাড়ি পৌঁছে দিতে। যাবার সময় নিজের দোকান থেকে মাংস ও বিরিয়ানির প্যাকেট নিয়ে গেল। তাকে বাড়ির গেটের সামনে নামিয়ে দিয়ে বললো –

প্রীতম
আগামী দশ দিন তমি বাড়ির বাইরে পা রাখবে না।

প্রিয়া
কেন? আমি স্কুলে যেতে পারব না? সামনে মাধ্যমিক পরীক্ষা।
প্রীতম
পাশ করলেও তুমি আমার, আর ফেল করলেও তুমি আমার। Please, কথা রেখো। আমি আসি।

প্রীতম তাঁর গাল দুটি ধরে, দুই ভ্রুর মাঝে চুম্বন ছুঁয়ে দিয়ে - বাইকে উঠে পড়লো।

প্রিয়া
সাবধানে যেও। আর রাতে শোবার সময় মা'কে স্মরন করো।
প্রীতম
Thank You.

INTERIOR-COMPUTER HOUSE- 8:00 p.m.

প্রীতম আবার ফিরে এলো Computer House-এ। রাত ন'টায় খাওয়া-দাওয়ার পর কলেজ ছাত্ররা সবাই মিলে লেগে গেল

Computer-গুলি বসানোর কাজে। যেন যুদ্ধকালীন তৎপরতার সঙ্গে কাজ চলছে।

রাত দুটো। একনাগাড়ে কাজের একটু অবসরে প্রীতমের পাশে এসে বসলো কামাল এবং অবাক হয়ে নিষ্পলক তাকিয়ে রইল প্রীতমের মুখপানে! তাঁর একনিষ্ঠতা, দেশের মানুষের প্রতি ভালোবাসা ও তাঁর আত্মত্যাগ! কোথা থেকে পেল সে এই শক্তি?

কামাল

আচ্ছা প্রীতমদা, তুমি এতসব করলে কি করে? এই এতো বড়ো Computer House, এতো লোকের আয়োজন, কিভাবে সম্ভব হলো। এখন তো দেখছি কর্নেল সাহেব ও থানার ও.সি.-ও তোমার কথার মান্যতা দিচ্ছে।

জামিল

কেন? শুধু কি এরা। ডিফেন্স মিনিষ্টার, সারা কাশ্মীরবাসী সকলেই তো ওর পক্ষে কথা বলছে। ওকে Safe Guard করছে।

ইকবাল

প্রীতমদা, তুমি যদি ভোটে দাঁড়াও, তাহলে কাশ্মীরের মুখ্যমন্ত্রীর পদটাই তুমি পেয়ে যাবে।

প্রীতম

Impossible. একথা ঘুনাক্ষরেও আমার মনে আসে না একবারও। আমি সারা ভারতের তথা সারা পৃথিবীর। একে অপরকে হত্যা, জঙ্গি নাশকতা, যুদ্ধ, হাজার-হাজার, লক্ষ লোকের মৃত্যু আমার কাছে ভীষণ যন্ত্রনা দায়ক – আমার মৃত্যুর চেয়েও।

সকলের হাতের কাজ স্তব্ধ হয়ে গেল। মোহিত হয়ে পড়ল সবাই। কিছুক্ষণ পর আবার কাজে হাত দিল তাঁরা।

INTERIOR - PRIYA'S HOUSE-MUNAWAR ROAD - NIGHT 3:00

রাত তিনটে। প্রিয়াদের বাড়ির সামনে এসে দাঁড়াল এক টাটা সুমো। গাড়ি থেকে নামলো তিন জঙ্গি A.K-47 মেসিনগান হাতে নিয়ে। বাসেল, মনসূর ও হিব্বান। গেট খুলে ভিতরে ঢুকে প্রথমে গ্রীলের তালা ভাঙলো। পরে

বারান্দায় উঠে ঘরের দরজায় বুটের কয়েক ঘা লাথি মারতেই – দরজাটা ভেঙে গেল। প্রথম ঘরটাতেই ঘুমিয়ে ছিল প্রিয়ার দাদা প্রদীপ। দড়াম করে দরজা ভেঙে পড়ার শব্দে আচম্কা ঘুম ভেঙে যায় তাঁর এবং তড়িঘড়ি বিছানায় উঠে বসে থর-থর কাঁপতে লাগল সে। ওরা ঢুকে পড়ল ভিতরে।

মনসূর তাঁর ঘাড় ধরে টেনে এনে মেঝেয় ফেলে দিতেই, সে হাঁউ-হাঁউ করে কাঁদতে কাঁদতে তৎক্ষণাৎ উঠে এসে তাঁর পায়ে ঝাঁপিয়ে পড়ল।

প্রদীপ

মারবেন না আমাদের। আমরা কি দোষ করেছি? গত বছর আমার বাবাকে আপনরাই মেরেছেন, কি কারন – তা এখনো অজানা।

পিছন থেকে বাসেল ওর ঘাড়ে এক রদ্দা মারতেই, সে জ্ঞান হারিয়ে লুটিয়ে পড়লো মেঝেয়। পাশের ঘরে প্রিয়া ও তাঁর মা শর্মিলা দেবী, একে অপরকে আষ্টেপৃষ্ঠে জড়িয়ে ধরে কান্না চেপে দম বন্ধের উপক্রম। জঙ্গিরা সে-ঘরে যেতেই তারস্বরে চিৎকার জুড়ে দিল তাঁরা।

শর্মিলা ও প্রিয়া

ওগো তোমরা কে কোথায় আছ, আমাদের বাঁচাও। জঙ্গিরা আমাদের মেরে ফেললো গো। কে কোথায় আছ, বাঁচাও।

বাসেল ও হিব্বান, মায়ের হাত থেকে প্রিয়াকে ছাড়িয়ে নিতে টানা-হ্যাচড়া শুরু করলে ওরা আরো জোরে চিৎকার শুরু করে দিল।

শর্মিলা ও প্রিয়া

তোমরা কে কোথায় আছ, আমাদের বাঁচাও। জঙ্গিরা আমাদের

সহসা প্রিয়ার নাকে-মুখে ক্লোরোফর্ম প্রয়োগ করে, শর্মিলা দেবীকে গুলি করে দিল ওরা। অতঃপর নির্ঝঞ্ঝাটে তাঁরা প্রিয়াকে তুলে নিয়ে উঠে গেল টাটা সুমোয়।

INTERIOR – COMPUTER HOUSE – MORNING 7:00 a.m.

সকাল ৭ টা। প্রীতম ও তাঁর বন্ধুরা Computer House-এর হলঘরের মেঝেয় এলোমেলো শুয়ে । গাঢ় ঘুমে তখনো অচেতন সবাই। সহসা প্রীতমের মোবাইলে রিং বাজতে লাগল। ঘুম-ঘুম চোখে হাত বাড়িয়ে সে মোবাইলটা নিয়ে Call টিপে কানে ধরলো।

অজ্ঞাত ব্যক্তি

হ্যালো, প্রীতম বাবু।

প্রীতম

আপনি কে বলছেন? কোত্থেকে বলছেন?

অজ্ঞাত ব্যক্তি

আমি কে বলছি - কোত্থেকে বলছি, এটা অতো জরুরি নয়। যেটা জরুরি সেটা শুনুন – আপনি এই মুহূর্তে প্রিয়াদের বাড়ি চলে যান। সেখানে আপনার জন্য ভয়ংকর News অপেক্ষা করছে।

ধড়ফড়িয়ে উঠে বসে চেঁচিয়ে উঠল প্রীতম।

প্রীতম

আপনি কে বলছেন, কোত্থেকে বলছেন? হ্যালো-হ্যালো-হ্যালো।

প্রীতমের এই চিৎকারে বন্ধুদের প্রায় সকলেরই ঘুম ভেঙে গেল এবং হকচকিয়ে উঠে বসলো। ওপাশ থেকে ফোন ছেড়ে দিল সেই অজ্ঞাত ব্যক্তি। কান থেকে মোবাইল নামিয়ে কিছুক্ষণ গুম হয়ে বসে রইল প্রীতম। পরক্ষণেই ঝট করে সে উঠে দাঁড়াল।

প্রীতম

এক্ষণি সবাই তৈরি হয়ে নাও। প্রিয়াদের বাড়ি যেতে হবে।

INTERIOR – PRIYA'S HOUSE – 7:28 a.m.

সকাল সাড়ে-সাতটার আগেই ওরা পৌঁছে গেল প্রিয়াদের বাড়ি। বাড়ির সামনে অনেক মানুষের ভিড়। রাস্তায় পুলিশ ভ্যান ও ট্যাক্সি দাঁড়িয়ে। বাইক থেকে নেমে দু'পা ফেলেই আচম্কা দাঁড়িয়ে পড়ল প্রীতম।

প্রীতম (মনে পড়ল)

তবে কি সে যা ভেবেছিল ... তাই-ই হলো।

নিমেষে চোখে জল চলে এলো তাঁর। উন্মাদের মত এগিয়ে গেল সে ভিড় ঠেলে। পিছনে তাঁর বন্ধুরা। গেটের মুখে কর্নেল সাহেব ও ও.সি. দাঁড়িয়ে। ঘরে ঢুকে গেল প্রীতম। দেখল, প্রদীপদা জ্ঞান হারিয়ে মেঝেয় পড়ে আছে। ডাক্তার বাবু তাকে Injection দিচ্ছেন।

পাশের ঘরে ঢুকে দেখল – শর্মিলা দেবীর সারা শরীর ও মেঝেতে চাপ-চাপ রক্ত। পড়ার টেবিলে প্রিয়ার একটি ফটোষ্ট্যান্ড ছিল। সেদিকে চোখ পড়তেই প্রীতমের কান্না ছুটে এলো। এগিয়ে গিয়ে ফটোটা তুলে নিয়ে, বুকে চেপে ধরে বসে পড়ল চেয়ারে।

প্রীতম (কাঁদতে কাঁদতে)
কিছুদিন আগে জঙ্গিরা ওর বাবাকে খুন করলো। আজ ওর মাকে খুন করে প্রিয়াকে তুলে নিয়ে গেল। ও আমাকে ছাড়া কিছু জানতো না। অনেক ভরসা ছিল ওর আমার উপর। হায়! আমি পারলাম না – পারলাম না ওকে রক্ষা করতে।

ফুঁপিয়ে ফুঁপিয়ে কাঁদতে লাগল সে। পুলিশ পোষ্ট মর্টেমের জন্য লাশ তুলে নিয়ে গেল। সংগে গেল রজ্জাক ও ইয়াসিন। কয়েকজন সদস্যকে সঙ্গে নিয়ে গোলাম রয়ে গেল এ বাড়িতেই। সিরাজ, প্রীতমকে নিয়ে ঘর থেকে রাস্তায় বেরিয়ে আসতেই, কর্নেল সাহেব গাইড করে প্রীতমকে নিয়ে তুললো নিজের ট্যাক্সিতে। সিরাজ ও অন্য সদস্যরা চলে গেল বাইক ও সাইকেলে। আর এদের পিছনে গেল এক ট্রাক মিলিটারি ফোর্স।

প্রীতম
স্যার আপনি দয়া করে Immediate বর্ডার সীল করে দিন। দরকার পড়লে ফোর্স বাড়িয়ে দিন। Non-Stop কড়া পাহারার ব্যবস্থা করুন। আজ রাতেই ওরা হয়ত বর্ডার পার হবে।
কর্নেল সাহেব
আমি বর্ডারের ক্যাম্পগুলোতে ফোন করে দিয়েছি অনেক্ষণ আগে এবং দুটি হেলিকপ্টারও রওনা হয়ে গেছে – আকাশ থেকে নজরদারি রাখার জন্য।
প্রীতম
আজ বিকেলে আমি আপনার অফিসে যাব – ৫ টায়।

কর্নেল সাহেব
অবশ্যই এসো। আমি থাকব।

বাঁ দিকে Turn নিয়ে ট্যাক্সি এসে থামল, Computer House-এর গেটের মুখে। প্রীতম টেক্সি থেকে নেমে ঢুকে গেল ভিতরে।

INTERIOR – CORNEL SAHEB BANGLO – 5:00 p.m.

বিকেল ৫ টা। টেবিলের ওপাশে চেয়ারে বসে কর্নেল সাহেব। কম্পিউটারের কী-বোর্ডে হাত রেখে একমনে কিছু একটা টাইপ করে চলেছেন। প্রীতম ও সিরাজ, কর্নেল সাহেবের বাংলোয় এসে বাইরে বাইক দু'টি ষ্ট্যান্ড করে, সোজা অফিসে ঢুকে তাঁর টেবিলের সামনে গিয়ে দাঁড়াল। সাহেব ভ্রুক্ষেপহীন। আরও কিছুক্ষণ একমনে কাজটি শেষ করে চেয়ারে হেলান দিতেই, তাঁর নজরে পড়লো সামনে দাঁড়িয়ে প্রীতম ও সিরাজ।

কর্নেল সাহেব
(সোজা হয়ে বসে)
আরে! তোমরা কতক্ষণ? বসো-বসো। আমি একটা বিশেষ কাজে ব্যস্ত ছিলাম।

প্রীতম ও সিরাজ চেয়ারে বসলো।

কর্নেল সাহেব
তারপর কি স্থির করলে?
প্রীতম
আগামী শুক্রবার আমরা বর্ডার পেরোব।
কর্নেল সাহেব
আগামী শুক্রবার মানে ... এই শুক্রবার।
প্রীতম
হাঁ। আজ মঙ্গল বার। বুধ ও বৃহষ্পতি বাদ দিয়ে শুক্রবার। অর্থাৎ মাঝে আর মাত্র দুদিন। আপনাকে ছোট্ট একটা সাহায্য করতে অনুরোধ করছি।

কর্নেলসাহেব

বলো, আমি কি-ভাবে তোমাদের সাহায্য করতে পারি।

প্রীতম

কয়েকটি ট্রাকে আমদের তুলে নিয়ে, বর্ডার থেকে এক মাইল আগে আমাদের নামিয়ে দিয়ে আসতে হবে। আর আমাদের সকলের একান্ত অনুরোধ, আপনি তখন থেকেই Computer House-এ থেকে যাবেন – যতদিন আমরা ফিরে না আসছি।

কর্নেল সাহেব

(হো-হো করে হেসে উঠলেন)

O.K. Sir - O.K. এখন থেকে দেখছি তুমিই আমার বস। আমারও ইচ্ছা করছে তোমাদের সাথে যেতে, কিন্তু সম্ভব নয়।

প্রীতম

তা-হলে আজ আসি। শুক্রবার রাত ঠিক ৮ টায় আমরা রওনা হবো। গাড়িগুলি তার ঘন্টা দুয়েক আগে পৌঁছে গেলে ভাল হয়।

কর্নেল সাহেব

নিশ্চিন্তে থাক। আমি ছ'টার মধ্যেই গাড়ি নিয়ে ওখানে পৌঁছে যাব। আর তখন থেকেই আমি সেখানে থেকে যাব। Thank You.

প্রীতম

Thank You.

INTERIOR – GARDEN HOUSE OF GOFUR MINYA'S – 11:00 a.m.

পরদিন সকাল এগারো-টা। গফুর মিঞার বাগানে মিটিং চলছে। প্রীতম ও সিরাজকে ঘিরে প্রায় দেড়শো সদস্য বসে।

প্রীতম

হে আমার ভাই ও বন্ধুরা, সকলের শুভ কামনা করে বলছি – আগামী শুক্রবার রাত ৮ টায়, ২০ জনকে এখানে রেখে বাকি সবাই আমরা বর্ডারে চলে যাব।

কয়েক জন সদস্য

(হাত তুলে চেঁচিয়ে উঠল)

আমরা সকলেই যাব। আমরা সকলেই যাব।

প্রীতম

অসম্ভব। এখানে কর্নেল সাহেব থাকবে, প্রফেসর – ইঞ্জিনিয়ার-রা রয়েছে, এদের দেখ-ভাল করতে হবে। তা-ছাড়া এখানে তো একেবারে ফাঁকা রাখা যায় না। রাগ করো না। আমরা জয়লাভ করে ফিরে এলে, তোমাদের যাতে চাকরি হয়, সে ব্যাপারে আমি মন্ত্রী ও কর্নেল সাহেবের সঙ্গে কথা বলবো। আশাকরি তোমরা খুশি হবে।

সকল সদস্য (হাত তুললো)

হাঁ-হাঁ, আমরা খুশি। আপনি যা আদেশ করবেন আমরা তা পালন করবো।

প্রীতম

ও.কে। আর হানিফ, গত পরশু সিরাজ তোমার আব্বার Account-এ পাঁচ লাখ টাকা জমা করে দিয়েছে। ফোন করে তাকে জানিয়ে রেখো, সে যেন প্রস্তুত থাকে। এই শনিবার অর্থাৎ আমরা শুক্রবার রাতে রওনা দিচ্ছি আর শনিবার ভোর চারটে থেকে সাড়ে-চারটের ভিতর ৪টি বাস ও ঐ টাকার বিনিময়ে পাকিস্তানি Currency Money যেন, কোন এক ড্রাইভারের হাতে পাঠিয়ে দেয়। আর আমরা কোথা দিয়ে বর্ডার পার হলে সুবিধা হবে, আজ রাতে বসে ঠিক করে নেব।

হানিফ

ও.কে। আর বাস ও টাকার ব্যাপারে ফোন করে একটু পরেই তোমায় জানিয়ে দিচ্ছি।

প্রীতম

মাঝে আর মাত্র একদিন। এখন শুধু ঘুম আর বিশ্রাম। ব্যস – মিটিং শেষ। হিন্দুস্থান জিন্দাবাদ।

সবাই একসাথে

জিন্দাবাদ-জিন্দাবাদ।

হানিফ

সবাইকে একটা কথা মনে রাখতে হবে – আমাদের লড়াই শুধুমাত্র জঙ্গিদের বিরুদ্ধে। "জয় হম এক"

INTERIOR – COMPUTER HOUSE – THURS DAY – 10: a.m.

পরদিন সকাল দশটা। Computer House-এর হল ঘরের মেঝেতে বসে

১৩ জন গ্রুপ লিডার। প্রত্যেকের কাছে একটি করে Laptop, একটি Butterfly ও একটি Jangi Rat. দেয়ালে টাঙানো বড় LCD Screen-এর সামনে দাঁড়িয়ে প্রফেসর রাঠোর সাহেব ও গজেন্দ্র সিং। আর প্রাক্তন তিন ইঞ্জিনিয়ার ছাত্র ও প্রীতম, সকলকে Help করার জন্য আশেপাশে উপস্থিত রয়েছে।

Ex-Prof. গজেন্দ্র সিং

সবাইকে অনেক ধন্যবাদ জানিয়ে আমি শুরু করছি। Dyne Butter Fly-এর চোখ দুটোতে বসানো রয়েছে Camera Lence. আর এর শরীরের ফাঁপা লম্বা নলের ভিতর রয়েছে রাসায়নিক বিষাক্ত গ্যাস। এক বা একাধিক জঙ্গিদের উপর Target হানতে প্রয়োগ করবে। এমনকি জনতার ভিড়ে সে মিশে থাকলেও তাঁর পাশের লোকের কোন ক্ষতি হবে না।

আর Jangi Rat – এটিরও চোখ দুটিতে রয়েছে Camera Lence. আর পেটের খোলে ভরা আছে RDX. এটা ব্যবহার করবে জঙ্গিদের মিটিং, তাঁদের ডেরা ও ট্রেনিং সেন্টার ইত্যাদি ইত্যাদি স্থানে।

এবার ল্যাপটপের দ্বারা কিভাবে এগুলো চালাবে, তা বলবেন Prof রাঠোর সাহেব।

Prof. রাঠোর সাহেব

প্রত্যেকে ল্যাপটপ ON করো। একটি Dyne Butter Fly বাম হাতের তালুতে রাখ। দেখো দ্রুত এটি Active হয়ে ল্যাপটপে এর ছবি এসে গেছে। এবার ল্যাপটপে ডান হাতের আঙুল সঞ্চারন করো, দেখ এরা তোমার হাতের উপর কেমন জীবন্ত হয়ে, ডানা মেলে উড়ে চলে গেল বাইরে - জানালা দিয়ে।

তোমার ল্যাপিকে কেন্দ্র করে তিন কিলোমিটার এলাকা জুড়ে এরা উড়তে থাকবে। আর এদের চোখের Camera Lence-এর Through অসংখ্য ছবি তোমার ল্যাপটপে চলে আসবে।

আশাকরি তোমরা সবাই বুঝতে পেরেছো।

ঐ দেখ ল্যাপটপের Screen-এ একটা নেড়ী কুত্তা দৌড়াচ্ছে। ধর সে Jangi. তুমি কিভাবে তাকে মারবে? মাউস বা আঙুলে Butter Fly-কে Touch করে, অর্থাৎ যে Butter Fly-কে তুমি Active করে ছেড়েছো, তাঁর ছবি তুমি দেখতে পাচ্ছ তোমার ল্যাপটপের স্ক্রীনে, তাকে Touch করে নিয়ে যাও ঐ কুকুরটার নাকের কাছে, যতটা সম্ভব চেষ্টা করবে তাঁর নাক ও মুখের কাছ ঘেঁষে লেজটা রাখতে। আর ঠিক তখনি অন্য হাতে লাল বোতামটা টিপে দাও। ব্যস।

এবার দেখো, এর রাসায়নিক গ্যাসে কুকুরটা মাটিতে শুয়ে পড়ে কেমন দাপাচ্ছে। কিভাবে গল গল করে রক্ত বেরিয়ে আসছে তাঁর নাক মুখ দিয়ে। মারা গেল সে।

প্রীতম

(ফারহান মোল্লার পাশে বসল)

ফারহান, তোমার বুঝতে একটুও কষ্ট হচ্ছে না-তো?

ফারহান মোল্লা

না প্রীতমদা, কোন কষ্ট হচ্ছে না। খুব সহজ। আমি পারব।

Prof. রাঠোর সাহেব

এবার আসি Jangi Rat-এর কথায়। তোমাদের কাছে যে ছোট্ট Rat-টি আছে – এটি হাতের তালুতে এক মিনিট রেখে প্রত্যেকে বাইরে গিয়ে যার যার Rat ছেড়ে দিয়ে এসো। এই Rat-টিকেও আমরা ল্যাপটপের স্ক্রীনে দেখতে পাব Butter Fly-এর ক্যামেরার দ্বারা।

ওরা সবাই প্রাচীরের বাইরে গিয়ে, ঝোপে-ঝাড়ে, জঙ্গলে Rat-গুলি ছেড়ে দিয়ে এসে আবার ল্যাপটপ নিয়ে বসে পড়ল।

Prof. রাঠোর সাহেব

এবার SPOT নির্বাচন। তোমরা প্রত্যেকে Butter Fly-এর Camera-র Through ঐ মৃত কুকুরটিকে অবশ্যই দেখতে পাচ্ছ।

এবার ল্যাপটপে আঙুল সঞ্চারনের মাধ্যমে Rat-টাকে নিয়ে যাও ঐ Dog Spot-এ। ব্যস তোমাদের কাজ শেষ।এরপর কাজটা করবে Computer

House. দেখ, এবার আমি একটা বোতাম টিপছি – বুম্‌-বুম্‌-বুম্‌। নিমেষেই কুকুরের দেহটা ছিন্ন-ভিন্ন হয়ে ছিটকে গেল এদিকে-ওদিকে। তাহলে দুটো কাজই Successful. আশাকরি তোমরা Satisfied. এখানেই শেষ করলাম।

EXTERIOR – A MOUNTAIN PEAK – 6:00p.m.

শেষ বিকেলের সূর্য তখন হেলে পড়েছে। প্রীতমকে দেখা গেল বাইকে চেপে সে গেট দিয়ে বেরিয়ে গেল এবং পশ্চিমের রাস্তা ধরে সে কোথায় চলেছে? ইয়াসিন দোতলার জানালা থেকে ওকে দেখতে পেয়ে দ্রুত নিচে নেমে এলো এবং বাইক নিয়ে ছুটলো তাঁর পিছে পিছে। প্রীতম চড়াই পথে বেশ খানিকটা গিয়ে এক টিলার পিছনে বাইকটা রেখে, সে হেঁটে পাহাড়ে উঠতে লাগল। ভীষণ চিন্তিত দেখাচ্ছে ওকে। পাহাড়ের একেবারে শিখরে উঠে দাঁড়াল সে। সামনেই ভয়ংকর খাদ। খাদের ওপারে আর একটা উঁচু পাহাড়। সেই পাহাড়ে তখনো গনগনে সূর্যের আলো। সেই দিকে স্থির চোখে তাকিয়ে প্রীতম।

প্রীতম

আমি এক চ্যালেঞ্জের মুখে দাঁড়িয়ে –
কি হবে আগামী দিনের ছবিটা,
হারবো না জিৎবো, অজানা শঙ্কায় –
কেন আমি যাই শুধু হারিয়ে।
আমি এক চ্যালেঞ্জের ....

পারবো কি আমি প্রতিজ্ঞা রাখতে –
শান্তি এনে দিতে ঘরে ঘরে,
মায়ের চোখের জল মুছিয়ে দিয়ে –
পারবো কি হাসি এনে দিতে।
জানিনা কোন এক, অজানা শঙ্কায়,
কেন আমি যাই শুধু হারিয়ে।
আমি এক চ্যালেঞ্জের ....

আমার অশ্রু দিলাম তোমার চরনে -
অণুখন থেকো তুমি আমারি পাশে,
ওদের বিশ্বাসে যেন চীর না ধরে -
পারি যেন আমি মুক্তি এনে দিতে।
দুরু দুরু বুকে তাই, আশা নিরাশায়
কেন আমি যাই শুধু হারিয়ে।।
আমি এক চ্যালেঞ্জের ....

প্রীতমের চোখে জল ছুটে এলো। নিষ্পলক তাকিয়ে রইল দূর পর্বতের শিখরে – যতদূর দৃষ্টি যায়।

প্রীতম (মনে মনে)

পারবো তো ... এত বড় একটা সিদ্ধান্তকে কার্যে সফল করতে – ঘরে ঘরে শান্তি ফিরিয়ে আনতে। সবাই যে আমারি মুখের দিকে তাকিয়ে আছে।

ওর কাঁধে হাত রাখলো ইয়াসিন। কোন মালুম হলো না তাঁর। এক গভীর চিন্তায় ডুবে আছে সে।

ইয়াসিন

(ওর কাঁধ ঝাঁকালো)

প্রীতমদা, প্রীতমদা। কি ভাবছো ...

সহসা ওর হুঁশ ফিরে এলো এবং ঘাড় ঘুরিয়ে আড়চোখে একবার দেখল, ইয়াসিনকে। কিন্তু কোন উচ্চ-বাচ্চ না করে আবার তাকিয়ে রইল ঐ দূর পর্বতের শিখরে।

ইয়াসিন

তুমি কি ভাবছ আমি জানিনা। তবে জয় আমাদের হবেই। আমাদের তো এখানে কোন স্বার্থ নেই। দেশবাসীর শান্তির বিনিময়ে আমাদের প্রাণ বাজি। তোমার ঈশ্বর আর আমাদের আল্লা সবই জানেন। চলো প্রীতমদা অন্ধকার ঘনিয়ে আসছে।

ইয়াসিন প্রীতমকে নিয়ে ধীরে ধীরে নিচে নেমে এলো এবং বাইক চালিয়ে আবার ফিরে এলো Computer House-এ।

INTERIOR – COMPUTER HOUSE – DAY-EVENING.

আজ শুক্রবার। সকাল থেকেই Computer House-এর এক কিলোমিটার দূরত্ব পর্যন্ত চতুর্দিকে মিলিটারি ফোর্স ঘিরে রেখেছে। একটা মাছিও গলবার উপায় নেই। তাই এখানে কি হচ্ছে তা জানারও কারো সাধ্য নেই। হম্ এক মিশনের সকল সদস্যরা সারাদিন ধরে সমস্ত গোছগাছ করে Tourist ও Safari ব্যাগের লাট দিয়ে রেখেছে। এখন বিকাল ছ'টা। সাদা ফেজ টুপি, কুর্তা আর পাঞ্জাবি পরে, মুখে নকল দাড়ি লাগিয়ে সবাই প্রস্তুত। দেখে মনে হয় যেন, ওরা সবাই দল বেধে মক্কা যাচ্ছে।

প্রীতম মাকে একটা ফোন করলো। রিং-টোন বাজতেই সবিতা দেবী মোবাইল তুলে কানে ধরলো –

প্রীতম

মা –

মা বলতেই প্রীতমের চোখে জল চলে এলো।

প্রীতম (মনে মনে)

কি ভাবে সে বলবে কথাটা? তিনি সহ্য করতে পারবেন তো? না বলেও তো উপায় নেই। বলতে তো ওকে হবেই।

সবিতা দেবী (উৎকন্ঠিত)

বল কি বলছিলি? মা বলে চুপ করে গেলি কেন? বল –

প্রীতম (ছলছল চোখে)

মা, তোমার চরনে আমার প্রণাম। প্রণাম বাড়ির আরাধ্য, ভগবান কৃষ্ণের শ্রীচরণেও। আমাদের আশীর্বাদ করো, ভয় পেও না, ভগবান সব জানেন। অবশ্যই তিনি আমাদের মঙ্গল করবেন। আজ আমরা পাকিস্তানে ঢুকবো মা, যেন জয় করে ফিরে আসতে পারি। তাঁর কাছে প্রার্থনা করো – তিনি যেন সারথি হয়ে আমাদের সংগে সংগেই থাকেন।

"আজ আমরা পাকিস্তানে ঢুকবো" - এই কথাটা শুনে সবিতা দেবীর বুক থেকে থরথর কান্না উঠে আসতেই, সংগে সংগে তিনি তা বুকেই চেপে রাখলেন। কিন্তু চোখের কান্না? নীরবে হা-হা-কার অশ্রুতে দু-চোখ ভেসে যেতে লাগল তাঁর।

সবিতা দেবী (অশ্রু প্লাবন চোখে)
আমি প্রাণ থেকে আশীর্বাদ করছি - এ যুদ্ধে জয় তোদের অবশ্যই হবে। আজ রাত থেকেই আমি ভগবান বাসুদেবের চরণে পড়ে থাকব। যতদিন না তোরা যুদ্ধে জয় লাভ করে ফিরে আসিস, ততদিন আমি জলস্পর্শও করবো না।

ঝপ করে মোবাইলটা খসে পড়ল প্রীতমের হাত থেকে। এ কি বললেন তিনি!

প্রীতম (অন্তরে মায়ের আকুতি)
"যতদিন না তোরা যুদ্ধে জয় লাভ করে ফিরে আসিস, ততদিন আমি জলস্পর্শও করবো না"।

প্রীতম
(অশ্রু প্লাবন নয়নে প্রার্থনা জানাল)
হে ভগবান! হে মধুসূদন! তুমি আমার মাকে রক্ষা করো। আমি যে বড়ো বিপদ সঙ্কটে। তুমি ছাড়া এই জগৎ-কে ধরে রাখে সাধ্য কার। আমাকে শক্তি দাও প্রভু, আমাকে শক্তি দাও।

সন্ধ্যা সাত'টা। Computer House-এর গেট দিয়ে ঢুকলো কর্নেল সাহেবের গাড়ি। আর সেই সংগে পাঁচটি মিলিটারি ট্রাকও এসে দাঁড়াল রাস্তার উপর।

সব সদস্যরা তৎপর হয়ে নিজ নিজ লাগেজ পিঠে বেঁধে, যার যার গ্রুপ লিডারকে সঙ্গে নিয়ে ট্রাকে উঠতে লাগলো। ওদের যাত্রায় শুভ সম্বর্দ্ধনা জানাতে ট্রাকের সামনে এসে দাঁড়াল – কর্নেল সাহেব, থানার ও.সি, প্রফেসর রাঠোর সাহেব ও গজেন্দ্র সিং আর প্রাক্তন তিন ইঞ্জিনীয়ার ছাত্র, অজয়, বিজয়, বিক্রম ও জনা কুড়ি সদস্য।

প্রীতম ও হানিফ তাঁদের সামনে এসে হাতজোড় করে দাঁড়াতেই - কর্নেল সাহেব ওদের মাথায় ফুল বর্ষন করে শূন্যে দু রাউন্ড গুলি ফায়ার করল এবং সবাই হাত-তালি দিয়ে ওদের অভিনন্দন জানাল "শুভ যাত্রার"।

প্রীতম হাঁটু মুড়ে বসে মাতৃভূমিকে একটা প্রণাম করল। অতঃপর একটু মাটি তুলে কপালে তিলক কেটে নিল। শেষে হানিফকে সঙ্গে নিয়ে সে উঠে বসলো ট্রাকে – ড্রাইভারের পাশে। সংগে সংগে পাঁচটি গাড়ির ইঞ্জিন গর্জন করে উঠল।

আকাশে বাতাসে ধ্বনি প্রতিধ্বনি হয়ে ছড়িয়ে পড়ল – "হম্ এক"-এর কোরাস। "হম্ এক, হম্ এক, হম্ এক"। ট্রাকগুলি চলতে শুরু করল এক এক করে।

EXT.- COMP. HOUSE- TO – INDIA-PAKISTAN BOARDER – 8:00 p.m.

সবাই একসাথে গাইল
হম্এক, হম্ এক, হম্ এক (৩)
আমরা প্রতিঘাত হান্ব –
সন্ত্রাসের'ই শিরদাড়াটা ভাঙব,
ঘাঁটিগুলো সব গুঁড়িয়ে দিয়ে
ধ্বংস করে দেব।
আমরা প্রতিঘাত হান্ব – (৩)
আমরা প্রতিঘাত হান্ব – ই।
হম্এক, হম্ এক, হম্ এক (৩)

রাত ১০ টা। বড়ামূলা পৌঁছে – প্রীতম গাড়ি থেকে নেমে এক ভাটিখানার খোঁজ করল। সেখানে পৌঁছেই সে দেখল, ভাটিখানার বাইরে একটা বেঞ্চের উপর বসে দালাল সুলেমান ও তাঁর দুই সাথি। প্রীতমকে দেখতে পেয়েই সে উঠে এলো। অতঃপর ওরা এগিয়ে চলল গাড়িটির দিকে।

সুলেমান

আমি তোমার জন্যই এতক্ষন বসেছিলাম। বর্ডারের এক উচ্চপদস্থ অফিসারের সঙ্গে কথা হয়েছে – রাত দশটার মধ্যে তাকে ফোন করে জানাতে।

প্রীতম
তা কত টাকা লাগবে?
সুলেমান
ছেলে কতজন?
প্রীতম
একশ তিরিশ জন।

সুলেমান
চার লাখ কুড়ি হাজার। টাকা Advance দিতে হবে না। আমি বর্ডার থেকে দু কিলোমিটার পর্যন্ত তোমাদের ভিতরে পৌঁছে দিয়ে টাকা নেব।
প্রীতম
ও.কে.। উঠে এসো। আমরা এসে গেছি।

সুলেমানকে নিয়ে প্রীতম গাড়িতে উঠে বসলো ড্রাইভারের পিছনের সীটে। ট্রাকগুলি আবার চলতে শুরু করল। সুলেমান মোবাইলে Contact করলো সেই অফিসারকে।
সুলেমান
হ্যালো স্যার, আমরা অবশ্যই রাত এগারটা থেকে সাড়ে-এগারটার মধ্যে বর্ডার পার হবো। আপনি বর্ডার থেকে আপনার নরখাদক কুত্তাগুলোকে সরিয়ে নিয়ে যাবেন। আর ভোর পাঁচটায় আমি দেখা করবো আপনার সঙ্গে। রাত এগারটার পরে আর একবার ফোন করবো আমি।

রাত ১০-৩০। বর্ডারের প্রায় এক মাইল আগে ট্রাকগুলি থেমে গেল। ওরা ট্রাক থেকে নেমে প্রায় ৫০০ মিটার পথ হেঁটে গিয়ে বর্ডারের জঙ্গলে ঢুকে পড়লো - পিঠে বড় বড় ব্যাগ, জলের বোতল, হাতে ছুরি ও পেন টর্চ নিয়ে। সীমা রেখার কাছাকাছি পৌঁছে ওরা সময়ের অপেক্ষায় বসে রইল জঙ্গলে। আর সেই সংগে মশা কামড়ানোর যন্ত্রনাও সহ্য করতে লাগল।

রাত সাড়ে-এগারটায় সুলেমান আবার ফোন্ করলো বর্ডার অফিসারকে।

সুলেমান
হ্যালো স্যার, রাস্তা Clear তো? ... ... Okay. আর ঐ নরখাদক কুত্তাগুলো?

... ... Okay-Okay.

মোবাইলটা পকেটে রেখে সুলেমান প্রীতমের কাছে এলো।

সুলেমান
প্রীতম, রাস্তা সাফ। আমি আগে আগে যাচ্ছি, তোমরা আমাকে অনুসরণ করো।

CROSSING THE BORDER - From-INDIA to PAKISTAN – 11:45p.m.

কয়েক পা গিয়েই – ১০ ফুট চওড়া কাঁটা তারের বেড়ার নিচে, লম্বা লম্বা ঘাস, লতা-পাতা ও আগাছায় ঢাকা ৩ ফুট গভীর একটা গর্তে নেমে পড়ল সুলেমান। এবং হামাগুড়ি দিয়ে ১৪ ফুট লম্বা গর্তটা পার হয়ে সে উঠে দাঁড়াল পাকিস্তানের মাটিতে। এইভাবে সবাই একে একে পৌঁছে গেল পাকিস্তানের ভূমিখন্ডে।

আবার পদযাত্রা শুরু। অনেক জঙ্গল, জলাভূমি আর পাথরে হোঁচট খেতে খেতে ওরা চলতে লাগল অন্ধকার আর ঘন কুয়াশার ভিতর দিয়ে। সহসা সিরাজ চমকে উঠে দু'পা লাফিয়ে পিছনে সরে এলো এবং পেন টর্চের আলোয় দেখল, একটা পাহাড়ি সাপ। আর একটু হলেই গায়ে পা পড়ছিল আর কি।

এইভাবে একদিকে অন্ধকার কুয়াশাচ্ছন্ন রাতে বার বার আচম্কা ভয়ংকর জন্তু জানোয়ারের মুখোমুখি হওয়া আর অন্যদিকে পাকিস্তান সীমান্ত বাহিনীর হাতে ধরা পড়ে যাওয়ার ভয় – এই দুয়ের সাঁড়াশি আতংকের মধ্য দিয়ে একটানা ৪ ঘন্টা রুদ্ধশ্বাস পথ চলার পর, অবশেষে ওরা পৌঁছল গন্তব্য স্থলে। এখন পৌনে চারটা বাজে। আর কিছুটা হেঁটে গেলেই বড় রাস্তা। ওখানেই এসে দাঁড়াবে হানিফদের বাস – ভোর ৪ টায়। ওরা এখানেই বসে অপেক্ষা করতে লাগল – বাসের জন্য।

প্রীতমের কাছ থেকে টাকা নিয়ে চলে গেল সুলেমান।

শেষে ভোর ৪ টায়, চারটি লাক্সারি বাস এসে দাঁড়াল সামনের ঐ বড় রাস্তার উপর। ওরা সবাই দৌড়ে গিয়ে বাসে উঠে পড়ল যার যার দল নিয়ে। হানিফ এক ড্রাইভারের কাছ থেকে পাকিস্তানী পাঁচ লাখ টাকার Currency Note-এর থলেটা এনে, প্রীতমের হাতে দিয়ে ওর পাশে বসলো। এবং সংগে সংগে বাস ছেড়ে দিল।

প্রায় দু'ঘন্টা চলার পর, প্রথমেই নামল সিরাজের গ্রুপ – ফাঁকা রাস্তার উপর জঙ্গলের পাশে। বাস থেকে নেমেই ওরা দৌড়ে জঙ্গলে ঢুকে পড়ল এবং বাস ছেড়ে দিল আবার।

অতঃপর পাঁচ মাথার মোড়ে এসে চারটা বাস চার দিকে চলে গেল। প্রীতমদের গাড়িটা ছুটে চল্‌ল সোয়াটের বাজাউরের উদ্দেশে। পথে এক স্থানে দুই জঙ্গি "আল্‌হায়াত ও আমানউল্‌লা" মেশিনগান হাতে বাস থামিয়ে, বাসে উঠে পড়ল।

আমানউল্‌লা
ইস রাস্তে সে তুম সব কহাঁ জা রহে হো?
হানিফ
মক্কা।
আল্‌হায়াত
তুম লোগ অপনা অপনা বৈগ দিখাও।

দুই জঙ্গি দুটি ব্যাগের চেন খুলে হাত ঢোকাতেই, পিছন থেকে কয়েকজন আচমকা ঝাঁপিয়ে পড়ে তুরন্ত ছুরি চালিয়ে দিল তাঁদের গলায়, বুকে, পিঠে ও পেটে – যে যেখানে পেরেছে। তাঁরা চিৎকার করে লুটিয়ে পড়ে গলা কাটা মুরগীর মতো ছট্‌ফট্‌ করতে লাগল। রক্তে সারা শরীর ভেসে যাচ্ছে। ড্রাইভার দ্রুত গাড়িটা চালিয়ে নিয়ে ফাঁকা রাস্তা দেখে একটা জঙ্গল ঘেঁষে বাসটা দাঁড় করাল। সঙ্গে সঙ্গে কয়েকজন মৃত দুই জঙ্গিকে নামিয়ে নিয়ে দৌড়ে ঢুকে পড়ল জঙ্গলে এবং ঝোপের মধ্যে লুকিয়ে রেখে তাঁরা দ্রুত ফিরে এসে আবার বাসে উঠে পড়ল।

সারাদিন পার করে অবশেষে সন্ধ্যায় ওরা গিয়ে পৌঁছাল, সোয়াট উপত্যকার

ফাটা জেলার বাজাউর থেকে এক কিলোমিটার আগে এক পাহাড়ের গায়ে। বাস থেকে নেমেই ওরা পাহাড়ের জঙ্গলে গা ঢাকা দিল এবং একটা গুহা খুঁজে পেয়ে তার ভিতরে ঢুকে পড়ল।

EXTERIOR – JUNGLE-NEAR-MOHAJIR SIBIR CAMP – MORNING- 5:00 a.m.

সিরাজের দলটি অবস্থান নিয়েছিল "মোহাজীর শিবির"থেকে দেড় কিলোমিটার দক্ষিণে এক ঘন জঙ্গলে। গতকাল রাতে গাছের ডালে নিজেদেরকে দড়ি দিয়ে বেঁধে, বসে বা হেলান দিয়ে ঘুমিয়ে ছিল সবাই। কিন্তু ঘুম ভাল হয় নি। ভোরের আলো ফুটতে-না-ফুটতেই সবাই উঠে পড়েছে। সিরাজ গোটা বিশেক Dyne Butter Fly উড়িয়ে দিয়ে ল্যাপটপে চোখ রাখলো । সহসা সিরাজ দেখলো, প্রায় মাইল খানেক দূরে ৪/৫ জন, কারা যেন এদিকেই এগিয়ে আসছে। প্রত্যুষের আলো-আঁধারিতে পরিষ্কার বোঝা গেল না।

সিরাজ (সতর্ক করল)

সবাই সাবধান! কারা যেন এদিকে আসছে। প্রস্তুত হও।

আরও খানিকটা এগিয়ে আসতেই সিরাজ চমকে উঠল – প্রিয়া! দুই জঙ্গি নিজেদের কাঁধে ওর হাত দুটো টেনে ধরে, ঘষড়াতে ঘষড়াতে ওকে নিয়ে আসছে। আর মেশিনগান হাতে তিন জঙ্গি ওর পিছন পিছন। Computer House-এ বসে কর্নেল সাহেব সহ সকলেই এই দৃশ্য দেখতে লাগল সিরাজের ল্যাপটপের সৌজন্যে। প্রিয়ার জামা ছেঁড়া। হাতে ,পায়ে, মুখে আঁচড়ের কি-সব দাগ। ওর হাঁটবার শক্তি নেই।

তাঁরা এগোতে এগোতে একেবারে কাছে চলে এলে, সিরাজ ল্যাপটপে আঙুল চালিয়ে পাঁচটি Dyne Butter Fly-কে এক-এক করে এক-এক জনের নাকের কাছে নামিয়ে লাল বোতামটা টিপে টিপে সবাইকে ঘায়েল করে দিল। ব্যস। এদের বিষাক্ত গ্যাস তাঁদের গলায় লেগে ও নাকে ঢুকে তাঁরা হাঁসফাঁস করতে লাগল। গলা বুক জ্বলছে, দম বন্ধ হয়ে আসছে, মুখ বেঁকে যাচ্ছে – অসহ্য যন্ত্রনায় তাঁরা প্রিয়াকে ছেড়ে দিয়ে মাটিতে শুয়ে পড়ল এবং ছটফট করতে করতে কয়েক মিনিট পরেই তাঁদের হার্ট বার্ষ্ট করল। গলগল করে

কালো রক্ত বেরিয়ে এলো তাঁদের মুখ থেকে এবং তাঁরা মারা গেল।

সঙ্গে সঙ্গে সবাই গাছ থেকে নিচে নেমে এলো। সিরাজ নিজের গা থেকে সোয়েটারটা খুলে নিচে ফেলে দিল।

সিরাজ

ওকে সোয়েটারটা ঠিকমত পরিয়ে দাও।

নিয়াজ তাকে সোয়েটার পরিয়ে, মুখে চোখে কয়েকবার জলের ছিটা মারতেই তাঁর জ্ঞান ফিরে এলো – কিন্তু চোখ খুললো না।

প্রিয়া

(যন্ত্রনার ছাপ চোখে মুখে স্পষ্ট)

ওঃ মা। আমি আর ক-ষ-ট সহ্য করতে পারছি না। আমাকে তোম-রা মেরে ফেলো। আমাকে শা-ন-তি দাও। আমাকে শা-ন-তি দাও। আমাকে শা-ন-তি।

ফের জ্ঞান হারাল সে।

EXTERIOR – BAZAUR – DIST. FATA – VALLY SOAAT – 7:30 a.m.

ওদিকে প্রীতম এক বৃদ্ধের ছদ্মবেশে এক হাতে মাথায় কাঠের বোঝা ধরে, অন্য হাতে লাঠিতে ভর দিয়ে কুঁজা হয়ে চলেছে বাজাউরের বাজারের পথে। ওদের স্পট নাম্বার হলো ১৩। জঙ্গি অধ্যুষিত সোয়াট উপত্যকার ফাটা জেলার বাজাউর। উত্তর-পশ্চিম পাকিস্তানের শেষ ও আফগানিস্তান বর্ডারের প্রায় কাছাকাছি। আজ হাট বার। তাই বাজাউরের বাজারে ভিড়টা একটু বেশিই। ছদ্মবেশী প্রীতম বাজারে ঢুকে, একটু ফাঁকা জায়গা দেখে বসে পড়ল কাঠ বিক্রি করতে। ওখান থেকে খানিক দূরে, মাঠে একটি মঞ্চ বানানো হয়েছে। সেখান থেকে মাইকে ঘন ঘন প্রচার হচ্ছে –

'এহা কে ইলাকে কে সভী লোগো কো ইয়ে বতায়া জাতা হ্যায় কি, আজ শাম কো ৩ বজে ইস মঞ্চ কে সামনে উপস্থিত হো। অগর কিসী নে ইস আদেশ কা পালন নহী কিয়া তো, উসে সভী কে সামনে নংগা করকে উসকা হাত-পাঁও কাট দিয়া জায়েঙ্গে। ঔর জো এহ দৃশ্য অপনী আঁখো সে নহী

দেখেগা উসকী ভী আঁখে উখার লী জায়েগী।

আজ এহা হমারা শরিয়ত কানূন হমারে নেতা গুলাম মুহম্মদ মসূদ ঔর আবু অল সিতারা পঢ়কর সুনায়েঙ্গে। ঔর ভী কই সংগঠনো কে নেতা, কমান্ডর হাজির রহেঙ্গে। ইয়ে কানূন সভী কে লিয়ে বহুত জরুরী হ্যায়। ইনশা অল্লা , আদেশ জারী রহে। '

সামনে দিয়ে ব্যাগ ভর্তি বাজার হাতে বছর পনেরোর একটি ছেলে যাচ্ছিল। ছদ্মবেশী বৃদ্ধ প্রীতম তাকে ডাকল –

(বৃদ্ধ) প্রীতম

এ গুলশন। সূনো তো জরা, ইধর আও।

তাহিম

মেরা নাম গুলশন নহী। তাহিম –

(বৃদ্ধ) প্রীতম

Sorry. মুঝে ভুল হো গয়ী। তুমে এক বাত পুঁছূ?

তাহিম

ক্যায়া?

(বৃদ্ধ) প্রীতম

তুম বোল সকোগে, এহা আজ ক্যায়া হোনে বালা হ্যায়? খানা-বানা কুছ মিলেগা ক্যায়া?

তাহিম

হাঁ। মিলেগা। শাম কো ৩ বজে আ জাইয়েগা, খানা মিলেগা।

বলেই ছেলেটা হনহন করে চলে গেল। বৃদ্ধ প্রীতম ঝাঁঝিয়ে উঠল।

(বৃদ্ধ) প্রীতম

খানা মিলেগা। মুঝে বুঢা সমঝ রখা হ্যায় ক্যায়া?

এক তালিবানী

এ বুডঢে, ক্যায়া হুয়া? চিল্লা কিঁউ রহে হো?

(বৃদ্ধ) প্রীতম

ওহ লড়কা বোলা , এহা আজ ৩ বজে খানা মিলেগা।

ঐ তালিবানী
অরে, নহী বাবা। ৩ বজে এহা শরিয়ত কানূন পঢ়কর সুনায়া জায়েগা।
(বৃদ্ধ) প্রীতম
আপনে ঠীক কহা। ইয়ে তো মৈ ভী চাহতা হূঁ। সরকার কা কানূন গলত হ্যায়। লড়কিয়োঁ কা বাহর জানা, য়হ ঠীক নহীঁ হ্যায়। হমারে শরিয়ত কানূন হী বহুত অচ্ছা হ্যায়। পুরানে জমানে কে লোগোঁ কো দেখো, কিতনে ইজ্জত বালে থে। ঔর অভী দেখো, কোই কিসী কী সুনতা হী নহীঁ। অচ্ছা বুরা সোচতা ভী নহীঁ। জো মন মে আতা হ্যায়, ওহী করতে হ্যায়।

এই কথা শুনতে শুনতে কিছু লোকের ভিড় জমে গেল ওকে ঘিরে। এক শ্রোতা ওর কাঠের বোঝার সামনে বসে পড়ল এবং জিজ্ঞেস করলো

এক শ্রোতা
এ গঠরী কিতনে মে দোগে?
(বৃদ্ধ) প্রীতম
অরে জো সমঝ মে আয়ে ওহী দে দো।

ঐ খদ্দেরের কাছ থেকে দাম নিয়ে প্রীতম উঠে দাঁড়াতেই, এক গ্লাস গরম চা ওর হাতে ধরিয়ে দিল ঐ তালিবান ব্যাক্তিটি।

ঐ তালিবানী
আপকা নাম ক্যায়া?
(বৃদ্ধ) প্রীতম
ইমরতুজ খান।
ঐ তালিবানী
কহাঁ কে রহনে বালে হ্যায় আপ?
(বৃদ্ধ) প্রীতম
দক্ষিণ ওয়াজিরিস্তান।
ঐ তালিবানী
ঠীক হ্যায়। ম্যায় চলতা হূঁ। ৩ বজে আইয়েগা। সভা মে মিলেংগে।
(বৃদ্ধ) প্রীতম
জরুর আউনগা। ম্যায় ভী ভাষণ দুংগা।

ঐ তালিবানী লোকটিকে সুবিধের বলে মনে হলো না প্রীতমের। তৎক্ষণাৎ সে লাঠিতে ভর দিয়ে কুঁজা হয়ে ঠুক ঠুক করে হেঁটে, ফিরে আসতে লাগলো ঐ গুহার উদ্দেশ্যে।

INTERIOR – INCAVE – SOAAT VALLY – 11:30 a.m.

অতি সন্তর্পনে প্রীতম গুহার কাছাকাছি পৌঁছে, বাঁ দিকের জঙ্গলে গা-ঢাকা দিয়ে পাহাড়ের গুহায় এসে ঢুকে পড়ল। ছদ্মবেশী পোষাক ও সাজ-সজ্জা পালটে, ল্যাপটপটি কোলে নিয়ে বসলো পাথরের দেয়ালে হেলান দিয়ে। Computer House-এর সাথে যোগাযোগ করতেই রাঠোর সাহেবের মুখ ভেসে উঠলো ল্যাপটপের Screen-এ। প্রীতম Massage Send করল –

প্রীতম (MSG)

নমস্কার রাঠোর সাহেব। অন্য দলগুলোর খবর কি?

রাঠোর সাহেব (MSG)

চিন্তা করতে হবে না। সব ঠিক আছে। তোমার জন্য একটা সু-খবর আছে।

প্রীতম (MSG)

কি সুখবর? ... প্রিয়া!

রাঠোর সাহেব (MSG)

হাঁ। তোমার প্রিয়াকে উদ্ধার করেছে সিরাজের দল। মোহাজীর শিবির থেকে প্রায় দেড় কিলোমিটার দূরের জঙ্গল থেকে।

প্রীতম (MSG)

এখন ও কেমন আছে?

রাঠোর সাহেব (MSG)

এখন সে ঘুমোচ্ছে। তবে ভয়ের কিছু নেই। একটু ভাল ঘুম আর বিশ্রাম পেলেই সে সুস্থ হয়ে উঠবে। আজ সন্ধ্যার দিকে হয়তো কাছাকাছি গ্রামের কোন এক বাড়িতে ওকে রাখার চেষ্টা করবে। আর তোমার খবর কি? কোথায় আছ?

প্রীতম (MSG)

আমি আছি ফাটা জেলার বাজাউরের এক পাহড়ের গুহায়। এখানে আজ, মাঠে একটি বড় মঞ্চ বানানো হয়েছে। বিকেল তিনটেয় শরীয়ত আইন পড়ে শোনাবেন, বেশ কয়েকটি সংগঠনের নেতারা। তাঁদের নিজ নিজ কমান্ডোরাও উপস্থিত থাকবেন। আর থাকবে কয়েকশ ফোর্স। এই একটা বিরাট সুযোগ। ঠিক পিন টাইমে কাজটি করতে হবে।

রাঠোর সাহেব (MSG)

বেশ তুমি তৈরী হও। সাবধানে। আমরা প্রস্তুত আছি।

প্রীতম (MSG)
ও.কে.।

প্রীতম গোটা পনের Dyne Butter Fly ছেড়ে দিয়ে ল্যাপটপের স্ক্রীনে চোখ রাখলো এবং হাতের সঞ্চালনের মাধ্যমে উড়িয়ে নিয়ে গেল ঐ মঞ্চের দিকে ও তাঁর আশেপাশে। ওদের চোখের ক্যামেরায় ধরা ছবিগুলি পর পর ভেসে উঠছে ল্যাপটপে। কিছুক্ষণ পর সে ল্যাপটপটি রেখে ইশারায় হানিফকে বাইরে ডেকে নিয়ে গেল।

প্রীতম
(হাত তুলে দেখাল)
এখান থেকে ঐ দিকে, প্রায় দেড় কিলোমিটার দূরে একটা মঞ্চ বানানো হয়েছে। জনগনের সামনে শরিয়ত কানুন পড়ে শোনাবার জন্য। সেই উদ্দেশ্যে আজ ওখানে অনেক জঙ্গি একজোট হবে। তুমি ৪ জনকে সঙ্গে নিয়ে গিয়ে ৪০টা Jangi Rat প্রায় এক কিলো মিটার দূরে গিয়ে ছেড়ে দিয়ে আসবে।

হানিফ
ও.কে। ওদের মিটিং ক'টায়।
প্রীতম
তিনটেয়। এখন বাজে দেড়টা।

এরপর ওরা গুহার ভিতর ঢুকে প্রীতম বসে গেল ল্যাপটপ নিয়ে আর হানিফ ৪০টা Jangi Rat ও ৪ জনকে সঙ্গে নিয়ে বাইরে চলে গেল। পাহাড়ের উপর দিয়ে কখনো বসে, কখনো হামাগুড়ি দিয়ে, কখনো-বা উপুর হয়ে শুয়ে এগিয়ে যেতে লাগল – ঝোপ-ঝাড় ও আগাছায় নিজেদেরকে আড়ালে রেখে রেখে। শেষে ওরা নির্দিষ্ট দূরত্বে পৌঁছে Jangi Rat-গুলো পদ্ধতি অনুসারে ছেড়ে দিয়ে ফিরে এলো আবার গুহায়। এবার ওরা খেতে বসলো ছাতু, আচার, লংকা ও জল নিয়ে।

ডান হাতে খেতে খেতেও প্রীতম ল্যাপটপের স্ক্রীনে চোখ রাখল এবং Butter Fly-এর Camera'র Through Ground-টি লক্ষ্য করতে করতে - কী বোর্ডে বাম হাতের আঙুল সঞ্চারনের দ্বারা, Jangi Rat-গুলোকে গুটিগুটি পায়ে নিয়ে চলল মঞ্চের নিশানায়।

EXTERIOR–A STAGE ON GROUND–NEAR BAZAR OF BAZAUR–SOAAT VALLY- 3 p.m.

বাজারের সামনে, মাঠে তখন হাজার হাজার লোক বসে-দাঁড়িয়ে। চারদিকে ৮-১০ টা মাইক লাগানো হয়েছে। বিভিন্ন জঙ্গি সংগঠনের গাড়িগুলি পাহাড়ের গা-ধরে পর পর দাঁড়িয়ে – একেবারে নেমে গেছে মঞ্চের পিছন পর্যন্ত।

মঞ্চে বসে ছয় জঙ্গি সংগঠনের নেতারা। আর তাঁদের পিছনে দাঁড়িয়ে আগ্নেয়াস্ত্র হাতে কমান্ডো বাহিনী। এছাড়া প্রায় ৭০০ জঙ্গি এ.কে. ৪৭ হাতে জনতার ভিড়ে বসে, দাঁড়িয়ে আশপাশে ঘোরাফেরা করছে।

আফগান তালিবান নেতা "গোলাম মহঃ মাসুদ" চেয়ার ছেড়ে উঠে দাঁড়াল মাউথ স্পীকারের সামনে।

গোলাম মহঃ মাসুদ

মা, বহন, ভাই ঔর দোস্তো মেরা সলাম ঔর প্যার রহে। পাকিস্তান সরকার সে আপকো ক্যায়া মিলা? বচ্চে সে যুবক, যুবক সে বৃদ্ধ ঔর বৃদ্ধ সে অল্লাহ কে পাস পিছলে ৫০ সালো মে কিতনে লোগ চলে গয়ে। পরন্তু ক্যায়া মিলা?

কিতনে সরকার আয়ে, বাদা কিয়া, কিতনী হী প্রতিজ্ঞাএ লী ...আপ সব কে মন মে আশা জগায়ী গয়ী, ভবিষ্য কী যোজনাও কে কিতনে সপনে দিখায়ে। পরন্তু য়ে সবকুছ ভূল গয়ে। ঔর আপকে সপনে কাঞ্চ কে গ্লাস কী তরহ টূট কর বিখর গয়ে। ন অস্পতাল হুয়া, ন পানী কা ইন্তেজাম, ন রাস্তে বনে ঔর ন নৌকরী কে লিয়ে কারখানে। বার-বার হতাশ কিয়া হ্যায় উনহোনে।

অব ঔর নহী। ফাটা অভী হমারে হাত মে হ্যায়। ইস জিলে ঔর গায়ো মে চলেগা হমারা কানূন। সরকারী কোর্ট, স্কুল, কাঁলেজ ঔর আঁফিস সব কুছ বন্দ কর দিয়া জায়েগা। ইয়ে সব হমারে সনগঠানো কে নেতা ও কর্মচারী করেঙ্গে। আপকা সপনা পূরা করনে কী জিম্মেদারী অব হমারী হ্যায়। আপ লোগ সির্ফ হমারা শরিয়ত কানূন মান কর চলেঙ্গে। মেরা ভাষণ এহী সমাপ্ত করতা হূ। অব আপকো শরিয়ত কানূন পঢ়কর সুনায়েঙ্গে ...

আবূ অল সিতারা।

তেহরীক-ই-তালিবান নেতা আবূ অল সিতারা উঠে এসে দাঁড়ালেন মাউথ স্পীকারের সামনে।

আবূ অল সিতারা

এহা বৈঠী মা, বহন, বেটা, বেটিয়ো ঔর দোস্তো, সভী কো মেরা সলাম ঔর প্যার। ক্যায়া হোতা হ্যায় ইয়ে শরিয়ত কানূন? আপ লোগ জাননে কে লিয়ে বেচৈন হোঙ্গে। মৈ পঢ়তা হূ ...

(১) বহন, বেটিয়া স্কুল নহী জায়েঙ্গী।

(২) বেটী, বহন ঔর মা সড়ক পর নহী নিকলেঙ্গী।

(৩) সভী নারী, শাদীশূদা হো ইয়া কুয়ারী বুরখা পহনেঙ্গী।

(৪) সভী পুরুষো কো দাঢ়ী রখনী হোগী।

(৫) সভী পুরুষ সির পর ফেজ টাঁপী পহনেঙ্গে।

(৬) চোরী করনে পর হাত ঔর পৈর কাট দিয়ে জায়েঙ্গে।

হমারা য়হ আদেশ সভী কে লিয়ে হ্যায়। ইয়দি হমারা কানূন কিসী নে নহী মানা তো উসকা এসা হাল করেঙ্গে জো ফির কভী ঘর লৌট নহী পায়েঙ্গে। আদেশ কা পালন অভী সে করনা হোগা।

খুদা কসম।

শ্রোতাদের মধ্যে বসে থাকা এক জনতা উঠে দাঁড়াল –

ইমনউল্লা

ম্যায় কুছ বোলনা চাহতা হূ। সব ঠীক হ্যায়, বুরখা পহননা, সড়ক পর নহী নিকলনা, দাঢ়ী রখনা, সিরপর টাঁপী পহননা, লেকিন য়হ নহী মান সকতা কি লড়কিয়ো কো স্কুল নহী জানে দিয়া জায়েগা। বুরখা পহনকর হী স্কুল জায়ে।

আবূ অল সিতারা ক্রুদ্ধ দৃষ্টি ছুড়ে মারলো তাঁর চোখে। কয়েক জন জঙ্গি ছুটে গিয়ে, টেনে হিঁচড়ে তাকে তুলে নিয়ে গিয়ে দড়িতে বেধে লটকে দিল বাঁশের সঙ্গে এবং কোমর থেকে চপাড় বার করল একজন।

অল কায়দার অপর এক নেতা ইদ্রিশ আলি খাঁন, চেয়ার ছেড়ে উঠে এসে মাউথ স্পীকারের সামনে দাঁড়াল।

ইদ্রিশ আলি খাঁন

ম্যায় আদেশ দে রহা হূ। কোই নহী হিলেগা। কোই অপনী আঁখে বনদ নহী করেগা। সভী ইস প্রতিবাদ কা দনড দেখেঙ্গে। নহী তো আঁখে নিকাল দী জায়েগী। সভী উস লটকে হূয়ে আদমী কী তরফ দেখো। দেখো সভী।

বজ্রস্বরে ধমকাতেই সবাই ভয়ে ভয়ে তাকাল ঐ ঝুলন্ত লোকটির দিকে। সংগে সংগে চপাড়ের দুই কোপে হাঁটু থেকে ছিটকে পড়ল দুটি পা। লোকটির দম ফাটা চিৎকারে আকাশ থরথর বিদীর্ণ হলো। অর্দ্ধ অঙ্গহীন শরীরটা দাপাতে লাগল। রক্ত ছিটকে ছিটকে পড়ছে মানুষের গায়ে, মুখে ও মাথায়। শেষ নিঃশ্বাস ত্যাগ করার আগে সে বুক ফাটা চিল-চিৎকার করে বললো –

ইমনউল্লা

দেখো তুম সব, কিতনা অচ্ছা শাসন হৈ। কিতনা অচ্ছা কানূন ... কিতনা অচ্ছা।

তাঁর মাথা ঝুলে পড়ল। শরীর স্থির হয়ে গেল।

আবূ অল সিতারা

সভা খত্ম কী জাতী হ্যায়, আপ লোগ জা সকতে হ্যায়।

ঘোষণা মাত্রই হুড়োহুড়ি করে কাতারে কাতারে লোক ছুটে পালাতে লাগলো বিভিন্ন দিকে। ঐ লোকটির বুক ফাটা আর্তনাদ তখনও তাঁদের কানে, ধ্বনি-প্রতিধ্বনিত হয়ে আকাশে বাতাসে ঘুরে ফিরছে।

(মৃত) ইমনউল্লা

দেখো তুম সব, কিতনা অচ্ছা শাসন হৈ। কিতনা অচ্ছা কানূন ... কিতনা অচ্ছা।

দ্রুত মাঠ ফাঁকা হয়ে গেল। শুধু মাত্র অর্দ্ধ অঙ্গহীন মৃত দেহটি ঝুলছে বাঁশের গায়ে। তাঁদের খাওয়া-দাওয়ার তোড়জোড় শুরু হয়ে গেল। মঞ্চের টেবিলগুলি ঘিরে বসলো ছয় জঙ্গি সংগঠনের প্রধান প্রধান নেতা ও কমান্ডোরা। আর মাঠে বসলো প্রায় ৭০০ জঙ্গি।

INTERIOR – IN CAVE SOAAT VALLY – 4:00 p.m.

প্রীতম ল্যাপটপের দ্বারা Jangi Rat-গুলোকে নিয়ে গিয়ে রাখল, গাড়িগুলির নিচে ১০ টা, আর মঞ্চের নিচে ৩০ টা। এবং একটি Message পাঠালো Computer House-এ।

প্রীতম (MSG)
হ্যালো, মিঃ রাঠোর সাহেব, এখনি মোক্ষম সময়। জনতারা সব চলে গেছে। ওদের খাওয়া-দাওয়া চলছে এখন।

রাঠোর সাহেব (MSG)
Yes, আমি সব দেখতে পাচ্ছি তোমার ল্যাপটপের Through. আমি যতক্ষণ না বোতাম টিপছি, ততক্ষণ তুমি Butter Fly-এর Camera-র মাধ্যমে ওদের Stage ও Ground-এর V.D.O Recording করতেই থাক। O.K.

EXTERIOR–A STAGE ON GROUND–NEAR BAZAR OF BAZAUR–SOAAT VALLY- 4:20 p.m.

তাঁদের খাওয়া-দাওয়া তখন মাঝামাঝি পর্যায়ে। মঞ্চের তলা থেকে পাঁচটি Jangi Rat বেরিয়ে, ওদের থালার পাশ দিয়ে যেতেই – এক জঙ্গি একটাকে ধরতে হাত বাড়াল –

আলনাদিম
মত পকড়ো, সবকো খানে দো।

অনেকেই খাবার দিল। কিন্তু ওরা খেলো না। চোখ পিটপিট করে এবং ঘাড় এপাশ ওপাশ কাত করে ওদের দেখতে লাগল।

ইসরাহত
অরে খাও ভাই খাও।

দানিশ-আ-উল
অরে দেখো, ভাই বনা লিয়া উসকো। রাত মে তো ইসী ভাই কো হী রোস্ট করকে খায়েঙ্গে।

শাঁ-ফারদিন
এ অব খায়েঙ্গে নহী। এ চুহা তুমহারা মতলব সমঝ গয়া।

ঐ Rat-টি এক পা-দু পা করে পাশ কাটতেই, ইসরাহত খপ করে ধরে ফেলল ওটাকে।

ইসরাহত

কহা ভাগ রহে হো। রাত মে তো তুমহে হী রোস্ট বনাকে খায়েঙ্গে।

এ কথা বলতে বলতে আরো কয়েকটা Jangi Rat মঞ্চের তলা থেকে ছুটে আসতেই, Computer House থেকে বোতাম টিপে দিল রাঠোর সাহেব। সংগে সংগে যেন আকাশের পর্দা চীরে বিশাল ভয়ংকর বিস্ফোড়ণ ঘটল। বিস্ফোড়ণের তীব্রতা এতই ভয়ংকর ছিল যে, মাঠে বসা জঙ্গিরা ছিটকে গিয়ে আগুনে জ্বলতে জ্বলতে উড়ে পড়ল এদিক-সেদিক।

মঞ্চসহ কমান্ডো ও নেতারা ছিটকে উপরে উঠে, আছড়ে পড়ল নিচের বিশাল অগ্নিকুন্ডের মধ্যে। তাঁদের চিল-চিৎকার আগুনেই মিলিয়ে গেল।

ট্যাক্সি, ট্রাক ও জীপগুলোরও সেই একই দশা। দুমড়ে মুচড়ে সব ভেঙে একাকার।

মুহূর্তে ঝড়ের বেগে আগুন ছড়িয়ে পড়ল এলাকা জুড়ে। বিস্ফোড়ণের শব্দটি এতই জোরে হয়েছিল যে, তিন কিলোমিটার এলাকা পর্যন্ত পাহাড় ও মাটি কেঁপে উঠেছিল। পাক-আফগান সীমান্তের ওপারেও পৌঁছে গিয়েছিল এই শব্দ।

প্রত্যেক বাড়ি-বাড়ি, রাস্তায়-রাস্তায় মানুষের জটলা। অনেক দূর থেকে – এমন কি আফগানের মাটিতে দাঁড়িয়েও তাকিয়ে রয়েছে শত শত লোক – এই বাজাউরের আকাশে। থেকে থেকে দম্‌কা আগুনের হল্কা উপরে উঠছে এলোমেলো হয়ে। কালো ধোঁয়ার কুন্ডলীতে আকাশ অন্ধকারে ছেয়ে গেল।

ঐ দু হাঁটু কাটা লোকটি আগুনে ঝলসে কঙ্কাল হয়ে, দাঁত বার করে যেন হাসতে হাসতে বলছে –

কঙ্কাল (ইমনুল্লা)

হাঃ-হাঃ-হাঃ-হাঃ-হাঃ-। ... কিতনা অচ্ছা কানূন হ্যায়। তুম লোগ খুদ জলকর রাখ হো গয়ে হো। পৃথ্বী বাসিয়ো পর এহ অত্যাচার ... সহন নহী হোগা, সহন নহী হোগা, সহন নহী হোগা।

জ্বলন্ত বাঁশটিকে নিয়ে সে হুমড়ি খেয়ে পড়ল নিচে জ্বলতে থাকা জঙ্গিদের উপর।

INTERIOR – COMP. HOUSE – KASHMIR – 4:30 p.m.

Computer Screen-এর সামনে বসা রাঠোর সাহেব, কর্নেল সাহেব ও গজেন্দ্র সিং-কে ঘিরে দাঁড়িয়ে থাকা তিন Ex-Student সহ সকলেই উল্লাসে ফেটে পড়ল।

কর্নেল সাহব

(দু হাত তুলে দু'বার হাত ঝটকান দিল)

সাবাস প্রীতম সাবাস। Indian Golden Boy. তোমার চেয়ে বড় বীর আর কেউ হতেই পারে না। তুমি Genius. তুমি ... তুমি ... আমি আর ভাষা খুঁজে পাচ্ছি না।

গজেন্দ্র সিং

মিঃ রাঠোর, তোমার সাথে না এলে আমি এই এমন একটা বিরল দৃশ্যের সাক্ষী হতে পারতাম না। আমি হ্যাপি। এ দৃশ্য আমি কোনদিন ভুলব না।

Prof. রাঠোর সাহেব

ঠিক বলেছেন আপনি। সত্যি, এ দৃশ্য কখনও ভুলবার নয়। আমি আজ পৃথিবীর মধ্যে সবচেয়ে গর্বিত ব্যাক্তি। কারন ও আমার ছাত্র। Genius. বিরল।

EXTERIOR – SOAAT- TO – RAZA BAZAR - RAOWALPINDI – 4:40 p.m.

প্রীতম ও তাঁর সঙ্গীরা পিঠে ব্যাগ, হাতে ছুরি ও আগ্নেয়াস্ত্র নিয়ে ঝটপট গুহা থেকে বেরিয়ে, দ্রুত পাহাড় থেকে নিচে নেমে এলো। প্রীতমের কোমড়ে ছুরি ও হাতে ল্যাপটপ। রাস্তার পাশে ঝোপের আড়ালে বসলো সবাই। মিলিটারি ভর্তি দুটি ট্রাক সামনে দিয়ে চলে গেল দ্রুত ঐ মাঠের দিকে। পিছনে থান কয়েক খালি লরি ও ট্রাক। শেষ ট্রাকটি আসতেই প্রীতম দৌড়ে গিয়ে ট্রাকে উঠে, ড্রাইভারের গলায় ছুরি ঠেকাল।

প্রীতম

গাড়ি ঘোরাও। সময় নেই, জলদি।

ড্রাইভার

কে আপনি?

প্রীতম

সব বলছি – আগে গাড়ি ঘোরাও। নয়ত মেরে দিয়ে অন্য গাড়ি নেব। ঘোরাও গাড়ি।

ধমকে উঠে ছুরিটা আর একটু জোরে চাপ দিতেই, ড্রাইভার গাড়ি ঘোরালো।

প্রীতম

সামনে বাঁ-হাতের ঝোপটার কাছে দাঁড়াবে

ট্রাকটি ওখানে এসে দাঁড়াতেই, ঝোপের আড়াল থেকে সঙ্গীরা দৌড়ে গিয়ে পিছনের ডালা টপকে উঠে পড়ল ঝপাঝপ। প্রীতম তাঁর পকেট থেকে মোবাইলটা তুলে নিয়ে, গলা থেকে ছুরিটা সরিয়ে নিল।

প্রীতম

এখান থেকে রাওয়ালপিন্ডি কত দূর?

ড্রাইভার

এই ধরেন, আড়াইশ-তিনশ কিলোমিটার হইব।

প্রীতম

রাত দশটার মধ্যে ওখানে পৌঁছে দিতে পারবে?

ড্রাইভার

কথা দিতে পারতাছি না।

প্রীতম

কোন শর্ট-কাট রাস্তা থাকলে ... যদি ভালভাবে নিয়ে যেতে পার রাত দশটার মধ্যে, তবে তোমাকে দশ হাজার টাকা বকশিস দেব।

ড্রাইভার

চেষ্টা করুম।

ড্রাইভার গাড়ি ডান দিকে টার্ন নিয়ে দুরন্ত বেগে ছুটতে লাগল ফাঁকা রাস্তা ধরে।

INTERIOR – KANJEE PARA – BASAAR ROAD – 8:00 p.m.

রাত আট-টা। সিরাজ বন্ধুদের সঙ্গে নিয়ে, অসুস্থ প্রিয়াকে ধরে হাঁটিয়ে হাঁটিয়ে নিয়ে গেল খুব কাছের এক গ্রামের বাড়িতে এবং দরজার কড়া নাড়ল।

সিরাজ
ও আম্মা, আম্মা দরজা খুলুন। আমরা ভীষণ বিপদে পড়েছি। সঙ্গে আমার অসুস্থ বোন রয়েছে। আম্মা, ও আম্মা দরজাটা খুলুন-না। আমরা থাকব না, শুধুমাত্র অসুস্থ বোনটার থাকার জন্য একটা রাত ভিক্ষে চাইছি।

দরজা খুলে দাঁড়ালেন বছর চল্লিশের এক বিধবা মহিলা। নাম তন্নিশা বেগম। সিরাজ তাঁর হাতে প্রিয়াকে তুলে দিল।

সিরাজ
আমরা এখন চলে যাচ্ছি। কাল খুব ভোরে এসে আমরা ওকে নিয়ে যাব। অল্লা আপনার ভাল করুন।

তন্নিশা বেগম
অল্লা কি আর ভাল করবে। পতিকে গুলি করে মেরে, লায়লাকে তুলে নিয়ে গেছে ছ'মাস আগে। এখনো তাঁর কোন হদিশ নেই। কোথায় আছে? কি অবস্থায় আছে? কে জানে ...।

বলতে বলতে তাঁর চোখে জল চলে এলো। সিরাজের চোখে ভেসে উঠলো রয়্যাল হোটেলের সেই রাত-টা। প্রীতমের রিভলবারের গুলি খেয়ে সে পড়েছিল মেঝেতে। রক্তে তাঁর সারা শরীর ভেসে যাচ্ছিল ... সংগে সংগে তাকে তুলে নিয়ে যায় মিলিটারি হসপিটালে।

সিরাজ (মনে মনে)
তাহলে লায়লা এর-ই মেয়ে!

তিনি প্রিয়াকে ধরে নিয়ে গিয়ে চৌকির উপর শুইয়ে দিলেন। সিরাজও ঘরে ঢুকে তাঁর পিছন পিছন গিয়ে প্রিয়ার কাছে দাঁড়াল।

সিরাজ
এখন কেমন লাগছে বোন?

প্রিয়া
ভালো। আচ্ছা সিরাজদা, ও ভালো আছে তো?

সিরাজ
হাঁ, ভালো আছে। ওকে খবর পাঠানো হয়েছে। হয়তো আজ রাতেই চলে আসবে।

তন্নিসা বেগম
ওকে আমি দুধ-রুটি খাইয়ে দেব খন। তুমি নিশ্চিন্তে থাক, ও ভালই থাকবে।
প্রিয়া
আপনারা সাবধানে থাকবেন।
সিরাজ
আমি আসি।

এই বলে সিরাজ চলে আসছিল, হঠাৎ সে থমকে দাঁড়াল দরজার কাছে এসে।

ফরিদ খাঁ
(চোখে আগুন জ্বলছে)
আমি খুন করে ফেলব। কাউকে ছাড়ব না আমি।

বলতে বলতে পাশের ঘর থেকে ছুটে এলো ১৪/১৫ বছরের এক কিশোর।
ফরিদ খাঁ
আব্বাকে খুন করেছে। দিদিকে তুলে নিয়ে গেছে। ছাড়ব না আমি ওদের - কক্ষনো না।
তন্নিসা বেগম
(কাঁদতে কাঁদতে)
আমার ছেলে ফরিদ খাঁ। লায়লার পাশেই ও শুয়েছিল। মাঝরাতে জঙ্গিরা ঘরে ঢুকে লায়লাকে তুলে নিয়ে যাওয়ার সময়, ও দিদির হাত ধরে টেনে রাখার অনেক চেষ্টা করেছিল, কিন্তু পারেনি। বন্দুকের নলের কাছে ওকে হার মানতে হয়েছে। সেই থেকে ও কেমন হয়ে গেছে।
সিরাজ
শোন ফরিদ, আমরা একশ তিরিশ জন যুবক এসছি ওদের মারতে। আর মারবও আজ রাতেই। তুমি কি কিছু সাহায্য করতে পারবে?
ফরিদ খাঁ
অবশ্যই।
সিরাজ
মোহাজীর শিবির চেন?
ফরিদ খাঁ
আমি তো রোজ ঐ দিকেই ভেড়া চরাতে যাই। ওখানে অনেক ছেলেকে

আটকে রেখেছে – ওপার কাশ্মীরের। আমি জানি, ওরা কোথায় আছে।

ঐ বিধবা মহিলা তখন বিছানায় বসে প্রিয়ার মাথায় হাত বুলিয়ে দিচ্ছিল। সিরাজ তাঁর কাছে গিয়ে দাঁড়াল।

সিরাজ

আম্মা, আমি ফরিদকে নিয়ে যাচ্ছি আমাদের সঙ্গে – এক রাতের জন্য। আমি কথা দিচ্ছি – আপনার মেয়ে লায়লাকে আমরা যেভাবে পারি উদ্ধার করে আনবই আনব। প্রিয়া রইল, চলো ফরিদ।

তন্নিসা বেগম

ছেলেকে সাবধানে রেখো বাবা। ও ছাড়া আমার যে আর কেউ নেই।

সিরাজ

হাঁ আম্মা, আপনি নিশ্চিন্তে থাকুন। কাল ভোরেই আমি ওকে দিয়ে যাব আর প্রিয়াকে সঙ্গে করে নিয়ে যাব।

EXTERIOR – RAJA BAZAR – CHANDNI CHOWK – 10:00 p.m.

রাত দশটা। অবশেষে প্রীতমদের গাড়ি এসে থামল রাজা বাজার রোডের চাঁদনি চকের মোড়ে।

প্রীতম

তুমি তোমার কথা রেখেছ, এই নাও তোমার বকশিস।

পাকিস্তানি দশ হাজার টাকার একটা বান্ডিল প্রীতম তাঁর হাতে তুলে দিল। ড্রাইভারের মুখ খুশিতে উজ্জ্বল হয়ে উঠল।

ড্রাইভার

আর কোন কাম আছে?

প্রীতম

আছে। এখানে বিভিন্ন ধরনের আধুনিক মডেলের অস্ত্র বিক্রি হয়, এমন কোন দোকান তোমার জানা আছে?

ড্রাইভার

জানা পরিচয় অনেক দোকানই আছে। আমি আর দুই জন ড্রাইভার আছি, আমরাই এইসব দোকানের মালপত্তর আনা নেওয়ার কাম করি। দরকারে বিভিন্ন জঙ্গি দলে মালও পৌঁছাইয়া দেই। মোটা টাকা বকশিস পাওয়া যায়।

প্রীতম

তাহলে তো ভালই হলো। তুমি আমাদের নিয়ে চলো বেশ বড় আর ভাল একটা দোকানে। অনেক দিনের আশা, একটা টেলিস্কোপ মেশিনগান কিনব। এজন্য তোমাকে পাঁচ হাজার টাকা দেব।

ড্রাইভার

লগে আইডেন্টি কার্ড আছে?

প্রীতম

না। বাড়িতে রেখে এসছি।

ড্রাইভার

হইয়া যাইব। তবে কুড়ি হাজার টাকা অগ্রিম দিতে হইব। কারন, ঘুস লাগব ঐখানে।

প্রীতম

ঠিক আছে চলো।

প্রীতম কুড়ি হাজার টাকা ড্রাইভারকে দিয়ে, ট্রাক থেকে লাফিয়ে নামলো। সংগে সংগে নামল ড্রাইভার ও তাঁর পিছনে আকবর। আকবরের হাতে Jangi Rat-এর থলে আর প্রীতমের হাতে টাকার ব্যাগ। ওরা হাঁটতে লাগল সামনের দিকে।

তখনও প্রায় অনেক দোকানই খোলা। তবে খরিদ্দারের সংখ্যা খুব কম। কোন দোকানে শাটার পড়ছে। কোন কোন দোকান বন্ধের মুখে – গোছগাছ চলছে। রাস্তায় তেমন লোকজন নেই বললেই চলে। সরকারি বাস বন্ধ হয়ে গেছে। প্রাইভেট বাস দুই-একটা দেখা গেলেও, ফাঁকা - প্যাসেঞ্জার তেমন নেই। তবে বিদেশি ট্যাক্সির সংখ্যাই বেশি। রাস্তার ভ্যাপার ল্যাম্পের আলো দিনের মতো উজ্জ্বল।

ওরা চাঁদনি চকের মোড়ে এসে, কয়েক পা এগিয়ে ডান দিকে Turn নিল এবং হাঁটতে লাগল ফুটপাতের দোকানগুলির সামনে দিয়ে। সহসা দোকানগুলির মাঝে তিন ফুটের একটা গলিতে ঢুকে পড়ল ড্রাইভার। মিনিট দুয়েক হেঁটেই ওরা আশ্চর্য হয়ে দেখল, ভিতরে আগ্নেয়াস্ত্রের বড় বড় সব দোকান – ঝলমল করছে আলো। অথচ বাইরে থেকে কিছু বোঝার উপায়

নেই। দোকানগুলিকে দু পাশে রেখে, শান বাঁধানো পথে হেঁটে চলেছে ওরা।

আকবর

এত বড়ো মার্কেট! কতো বড় বড় সব দোকান!

ড্রাইভার

এইটা রাজা বাজার। এশিয়ার মইদ্যে সব থেইকা বড় অস্ত্রের বাজার।

প্রীতম

আমরা কোন দোকানে ঢুকব?

ড্রাইভার

সামনের ঐ বড় আলকায়দার দোকানটায়।

INTERIOR – MODERN ARMS HOUSE – 10:15 p.m.

আর কয়েক পা এগিয়ে ওরা দোকানের সামনে এসে, সিঁড়ি ধরে উপরে উঠে কোলাপসিবল গেটের মুখে দাঁড়াতেই – আর্মড গার্ড এগিয়ে এলো।

গার্ড

অপনা ব্যাগ দিখাইয়ে।

প্রীতম ব্যাগ খুলে দেখাল টাকা। আর আকবর ব্যাগ খুলে দেখাতেই সে চমকে দু-কদম পিছিয়ে গেল।

গার্ড

এ ক্যায়া হ্যায় ?

আকবর

(একটা Rat-এর লেজ তুলে দেখাল)

চুহা হ্যায় চুহা। রাত কো রোস্ট করকে খাউঙ্গা।

গার্ড

চুহা খাওগে রোস্ট করকে।

আকবর

কিয়ো নহী। মহীনে মে তো দো একবার খাতা হী হূ। কই লোগ তো সাপ খাতে হ্যায়, মেঢক খাতে হ্যায়। ঔর চীন কে লোগ তো তিলচটটে কী চটনী

চাট-চাট কর খাতে হ্যায়।

গার্ড
যাও, যাও। ঔর নহী সুননা চাহতা।

বলতে বলতে গার্ড কোলাপসিবল গেটটি খুলে দিল এবং ভিতরে ঢুকে গেল ওরা। কাউন্টারে বসে আছে ফর্সা, লম্বা, মাথায় ফেজ টুপি ও শেরওয়ানি গায়ে এক ব্যাক্তি। তাঁর সামনে গিয়ে দাঁড়াল ওরা।

ম্যানেজার
দেখিয়ে ক্যায়া লেঙ্গে। কই কিস্‌ম কে মাল হ্যায়। জো পসন্‌দ আয়ে বোলিয়েগা।

বেশ বড়সড় দোকান। এপাশে, ওপাসে, সেপাশে – সব দিকেই দু পাশে Rack। Rack-এ সাজান বহু মডেলের আগ্নেয়াস্ত্র। দুপাশের Rack-এর মাঝখানের সরু পথ ঘুরে ঘুরে প্রীতম দেখতে লাগল আর আকবর প্রতিটি Jangi Rat-এর পেটে হাত স্পর্শ করে, ভাঙ্গাচোরা বাক্স-প্যাটরা, rack-গুলোর উপরে নিচে, ও আলমারির পিছনে একটি করে Jangi Rat রেখে চলেছে।

প্রীতম একটি টেলিস্কোপিক মেশিনগান পছন্দ করলো। TARGET SL-500. সেটি হাতে নিয়ে ঘুরিয়ে ফিরিয়ে ভাল করে দেখতে লাগল।
আকবর তাঁর কাজ শেষ করে প্রীতমের কাছে এগিয়ে এলো।

আকবর
প্রীতমদা ২৫ টা রেখেছি। তাড়াতাড়ি কর। অনেক রাত হয়েছে।

প্রীতম
হাঁ। হয়ে গেছে।

ড্রাইভার
এইটাই এক্কেবারে লেটেস্ট মডেল দাদা। যায়ও দ্রুত। আর কোন শব্দ নাই। সেকেন্ডে ৫০০ মিটার। মালটা আইছে পরশু দিন।

প্রীতম
তাহলে এটাই নিই – চলো।

প্রীতম ও আকবর কাউন্টারের সামনে এসে দাঁড়াল আর ড্রাইভার SL-500 গানটি নিয়ে কাউন্টারের ভিতর ঢুকে ম্যানেজারের কাছে রেখে এলো।

প্রীতম
ইসকী কীমত কিতনী হ্যায়?

ম্যানেজার
৫০ হজার।
প্রীতম
ইসকে সাথ হজার রাউন্ড গোলী ভী চাহিয়ে।

ম্যানেজার
নাম ঔর পতা বতাইয়ে।

প্রীতম
হৈদর অলী। ২৭ নাং অলি হসন রোড।

ম্যানেজার
রুস্তম, তুম কৈসে জানতে হো? ক্যায়া তুম ইনহে পহচানতে হো?

ড্রাইভার
কিউ নহী পহচানূঙ্গা। ও তো মেরা মৌসেরা ভাই হ্যায়।

ম্যানেজার
আইডেনটি কার্ড দিখাও।

ড্রাইভার
ও তো নহী হ্যায়। গলতী সে ঘর পর হী ছুট গয়া হ্যায়।

ম্যানেজার
ঠীক হ্যায় অভী তুমহারা আইডেনটি কার্ড জমা রখো, কল উসকে কার্ড কা জেরাঁক্স দেকর তুমহারা অসলী কার্ড বাপস লে জানা।

রুস্তম নিজের আইডেন্টি কার্ডটা ম্যানেজারের কাছে জমা রাখল।
ম্যানেজার
হৈদর অলী, সাইন করো। রুস্তম তুম ভী সাইন করো।

বিলে সাইন করার পর, ম্যানেজার অরিজিনাল বিলটি প্রীতমের হাতে দিল এবং গানটি তিন ফোল্ড করে একটি বাক্সে ভরে দিল। টাকা মিটিয়ে দিয়ে বাক্সটি নিয়ে গেটের কাছে আসতেই –

গার্ড
বিল দিখাও।

প্রীতম বিলটি বার করে দেখাল। সংগে সংগে আকবরও লেজ ধরে একটি Jangi Rat ব্যাগ থেকে তুলে দেখাল।
আকবর
খাওগে ক্যায়া?

গার্ড নাক সিঁটকে মুখ ঘুরিয়ে নিল। ওরা দোকান থেকে বেরিয়ে ঐ পথেই ফিরে এসে আবার ট্রাকে উঠল।
প্রীতম
আমাদের এখন যেতে হবে মোহাজীর শিবিরের কাছাকাছি দক্ষিণের জঙ্গলটায়। কত নেবে?

ড্রাইভার
আপনারা কি করতাছেন, আর কেনই-বা বার বার টাকা দিতাছেন, বুঝতে পারতাছি না।

প্রীতম
বুঝবে। সকালের সূর্য ওঠা পর্যন্ত অপেক্ষা করতে হবে।

ড্রাইভার স্টার্ট দিয়ে গাড়ি ছেড়ে দিল।

EXTERIOR – CHANDNI CHOWK – TO – MOHAJIR SIBIR – 10:45 p.m.

এবার ট্রাক ছুটে চলল মোহাজীর শিবিরের উদ্দেশে। ট্রাকের ভিতরে বসা ছেলেদের মধ্যে কারো কারো চোখে ঘুম জড়িয়ে আসছে। কিন্তু ঘুমোলে চলবে কি করে? আজকের রাতেই যে ওদের বড় Operation আছে। এই ভেবে হানিফ নিজের ব্যাগ খুলে বার করলো একটা ক্যারিব্যাগের পোঁটলা। তাতে রাখা আছে কিছু চিঁড়ে আর ছোলা ভাজা। সে প্রত্যেককে দু'মুঠো করে দিয়ে ও নিজে নিয়ে, বাকিটা প্লাস্টিক ধরেই প্রীতমকে এগিয়ে দিল। ভালই হলো, একেবারে ভূখা পেটে না থাকাই ভাল। হাতে করে খানিকটা তুলে নিয়ে প্রীতম মুখে পুরে ড্রাইভারের দিকে প্লাস্টিকটা এগিয়ে ধরল।

ড্রাইভার

আমি এখন খাইতে পারুম না – আপনারা খান।

প্রীতম

আচ্ছা ড্রাইভার, তোমার নাম কি রুস্তম আলি।

ড্রাইভার

হা বাবু। আমার নাম রুস্তম আলি। কিন্তু আপনি জানলেন কি কইরা।

প্রীতম

তুমি ঐ দোকানে যখন বিলে সাইন করলে, তখনি আমি দেখে নিয়েছি।

ড্রাইভার

অনেক বুদ্ধি আছে আপনার, কইতে হইব।

প্রীতম

আচ্ছা রুস্তম, তুমি কি পাকিস্তানি না বাংলাদেশী?

ড্রাইভার

আমি বাংলাদেশী। বিশ বছর বয়সে, বিশ বছর আগে আমি বাংলাদেশ থেইকা আইছি। এখন আমার বয়স চল্লিশ। আপনি –

প্রীতম

কাল সকালে তুমি সব জানতে পারবে। আচ্ছা ওখানে পৌঁছতে কত সময় লাগবে?

ড্রাইভার
প্রায় আড়াই ঘন্টার মতো লাগব।

প্রীতম কোলের উপর ল্যাপটপটি রেখে Computer House-এর সঙ্গে Message-এর মাধ্যমে যোগাযোগ করলো।

প্রীতম (MSG)
হ্যালো রাঠোর সাহেব, অন্য দলগুলির অবস্থান কি? আমি খুব চিন্তায় আছি।

রাঠোর সাহেব (MSG)
তোমাদের প্রত্যেকটা দলের উপর আমার সর্বক্ষণ নজর রয়েছে। প্রতিটি দলই ৩০/৪০ টা করে Jangi Rat ছেড়ে দিয়েছে এবং সেগুলো সব পৌঁছেও গেছে জায়গামতো – রাত দশটার মধ্যে। ওরা এখন ফিরে আসছে।

প্রীতম (MSG)
ধন্যবাদ স্যার।

প্রীতম ল্যাপটপটি পাশে রেখে ড্রাইভারের দিকে তাকাল –

প্রীতম
রুস্তম ভাই আরও স্পীড বাড়াও। একটার মধ্যেই ওখানে পৌঁছতে হবে। নয়ত সব মাটি হয়ে যাবে।

ড্রাইভার
ঠিক আছে বাবু, আপনারা সবাই সাবধানে বহেন।

সে স্পীড বাড়িয়ে কাটা ৭০-এর ঘরে তুললো। গাড়ি ছুটছে দূরন্ত গতিতে। থানা-খন্দ মানছে না। ভিতরে যারা বসেছিল, তাঁদের ঘুম ছুটে গেছে – তাঁরা একে অপরকে ধরে জটলা বেধে বসে রইল। তবুও বার বার হেলেদুলে পড়ছে এ-ওর গায়ে। সামনেই চেকপোষ্ট। পুলিশ দাঁড়িয়ে ... সার্চ লাইটের আলো।

প্রীতম

গাড়ি দাঁড়াবে না রুস্তম। গেট ভেঙে বেরিয়ে যাও।

ড্রাইভার গাড়ির গতি আরও বাড়িয়ে, শাঁ-শাঁ করে ছুটে গিয়ে লোহার গার্ড ভেঙে বেরিয়ে গেল দূরন্ত গতিতে। চেক পোষ্টের ইন্সপেক্টর ঘুমন্ত ড্রাইভারকে ডেকে এনে জীপে উঠে বসলো। স্টার্ট দিয়ে জীপ গাড়িটাও ছুটে চললো ঐ ট্রাকের পিছনে। সামনের থানাকে Wireless-এ ফোন করল।

ইন্সপেক্টর
অভী ইসী বক্ত এক ট্রাক চেক পোস্ট তোড়কর ভাগা হ্যায়। উসী রাস্তে পর আপ লোগ তৈয়ার রহিয়ে। উসে রোকনা হী হোগা।

খবর শোনা মাত্র সামনের থানার সাব-ইন্সপেক্টর, কয়েকজন পুলিশ সঙ্গে নিয়ে রাস্তার মাঝখানে R.T.Van দাঁড় করিয়ে অপেক্ষা করতে লাগল। ড্রাইভার হঠাৎ রাস্তা ছেড়ে পাড়ার ভিতর ঢুকে পড়ল।
প্রীতম
তুমি হঠাৎ এদিকে ঢুকলে?

ড্রাইভার
সামনে থানা আছে। এতক্ষণে মনে হয় খবর হইয়া গেছে। বেশি না, মাত্র পাঁচ কিলোমিটার। তারপরই বড় রাস্তায় উইঠ্ঠা পড়ুম।
প্রীতম
আর কতক্ষণ? এখন একটা বাজতে দশ মিনিট বাকি।
ড্রাইভার
আর মিনিট দশ-পনের।

প্রীতম ল্যাপটপ খুলে সিরাজকে ম্যাসেজ পাঠালো –

প্রীতম (MSG)
সিরাজ, আমরা একটা পাঁচ/দশের মধ্যেই তোমার ওখানে পৌঁছে যাচ্ছি। তুমি গাছের কয়েকটা ডাল ভেঙে রাস্তায় ফেলে রাখ এবং তোমরা কাছাকাছি থেকো।

তারপর আর মিনিট কুড়ি চলার পরই ওদের ট্রাক এসে থামল রাস্তায় ফেলে রাখা ডাল-পালাগুলোর সামনে। ওরা ট্রাক থেকে নামতেই, সিরাজ এগিয়ে এসে প্রীতমের সঙ্গে হাত মেলাল।

সিরাজ (ড্রাইভারকে বললো)
দাদা, গাড়িটা জঙ্গলের ভিতরে নিয়ে রাখুন।

তৎক্ষণাৎ সে গাড়ি ঘুরিয়ে নিয়ে জঙ্গলে ঢুকে পড়ল।

সিরাজ
সবাই ভিতরে চলো। এখানে আর দাঁড়ানো ঠিক হবে না।

প্রীতম
প্রিয়া কোথায়? কেমন আছে?

সিরাজ
বলছি। চলো –

জঙ্গলের ভিতর ঢুকে দুই বাহিনী এক হলো। সিরাজ প্রীতমকে নিয়ে বসল ফরিদ খাঁ-র পাশে এবং ইশারায় প্রীতমকে দেখাল –

সিরাজ
এর নাম ফরিদ খাঁ। ওদের বাড়িতেই প্রিয়া রয়েছে। আর তখনই জানতে পারি, ওর দিদি লায়লাকে জঙ্গিরাই তুলে নিয়ে গিয়েছিল একদিন মাঝরাতে – ওর বাবাকে গুলি করে। আর তারই প্রতিশোধ নিতে ও চলে এসেছে আমাদের সাথে – আমাদের পথ দেখিয়ে দিতে।

প্রীতম
(ফরিদের হাত ধরে)
ধন্যবাদ ফরিদ। অনেক অনেক ধন্যবাদ তোমাকে। পরে কথা হবে।
প্রীতম ঘড়ি দেখল – 1:15.

প্রীতম
তিনটে দশের মধ্যে আমাদের এখানে ফিরে আসতে হবে। Computer

House-এর টাইম 3:30. চলো এখনি বেরিয়ে পড়ি।
সিরাজ
হ্যাঁ। গোলাম ও মুসারফ তোমরা এখানেই থাকবে স্টেনগান হাতে ড্রাইভারের কাছে। বসির খান ও রজ্জাক, তোমরা চলে যাও প্রিয়া ও ফরিদের মাকে নিয়ে আসতে। চলো সবাই। Start Operation.

MOHAJIR SIBIR – OPERATION START – NIGHT 1:20.

ওরা রওনা হলো – অন্ধকার নিঃঝুম পিচের রাস্তা ধরে, ঘন কুয়াশা আর কন্‌কনে ঠান্ডার ঝাপটা খেতে খেতে। মাথার উপরে আকাশ ঢেকে রয়েছে - দুপাশের সব বড় বড় গাছের ডাল-পালায়। কেমন ভয়াল গা-ছম্‌ছম্‌ পথ। খুব সতর্ক হয়ে পথ্‌ চলছে ওরা। "এই বুঝি ওরা ঝাঁপিয়ে পড়ল ... এই বুঝি কেউ দেখে ফেলল"। সবার আগে ফরিদ খাঁ। তাঁর পিছনে প্রীতম, লিয়াঁকত ও হানিফ। তাঁর পিছনে বাকি সবাই পর পর। সব শেষে সিরাজ ও নাজির।

চলতে চলতে হঠাৎ থমকে দাঁড়াল ওরা! কারা যেন এ পাশের জঙ্গল থেকে ও পাশের জঙ্গলে দৌড়ে গেল। প্রীতম S.L-500 গানটি তুলে ধরল। না, শিয়াল বা অন্য কোন জন্তু হবে। আবার চলতে লাগল ওরা। মাত্র তিন-চারটে আগ্নেয়াস্ত্র ছাড়া, প্রত্যেকের হাতেই রয়েছে উন্মুক্ত ছুরি শক্ত মুঠিতে কষে ধরা। হঠাৎ দেখল, সার্চ লাইটের আলোটা
দ্রুত এদিকে এগিয়ে আসছে।
ফরিদ খাঁ
বাঁ দিকের জঙ্গল ঘেঁষে লেপটে যান সবাই।

সঙ্গে সঙ্গে ছিটকে গিয়ে শুয়ে পড়ল সবাই জঙ্গল ঘেঁষে।

ফরিদ খাঁ
এবার এই জঙ্গলের পথেই যেতে হবে আমাদের।

ওরা আবার উঠে চলতে শুরু করলো – বড় বড় গাছ, ঝোপঝাড়, লতাপাতা ও গুল্মের পাশ কাটিয়ে কাটিয়ে। কিছুটা চলার পর, সহসা দাঁড়িয়ে পড়ল ফরিদ।

ফরিদ খাঁ

এখন চড়াই পথ। মোহাজীর শিবিরের চারপাশেই পাহাড়। উষ্চতা ৫০০-১০০০ ফুট। এই পাহাড়টির উষ্চতা প্রায় ৬০০ ফুটের কাছাকাছি। এই পাহাড়ের নীচেই রয়েছে ২৫ ফুট চওড়া ও ১৫ ফুট উষ্চতার সুরঙ্গ। আমরা যে রাস্তা ধরে এসে জঙ্গলে ঢুকলাম, ঐ রাস্তাটাই চলে গেছে সুরঙ্গের মধ্য দিয়ে। এই পাহাড়ের বাম দিকে রয়েছে গুহা। ঐ গুহার ভিতরেই বন্দি আছে ওপার কাশ্মীরের ছেলেরা। গুহার সামনে বড় মাঠ, ঐ মাঠেই ট্রেনিং দেওয়া হয়।

মাঠের মাঝখানে উঁচু টাওয়ার। ঐ টাওয়ার থেকেই সার্চ লাইটের আলো ফেলা হয়। ডানদিকে জঙ্গিদের ব্যারাক। তার উত্তরে – ওপাশে অস্ত্রাগার, এপাশে অফিসারদের বিল্ডিং। খুব সাবধানে এগোতে হবে।

প্রীতম

শোন তোমরা, সবাই আমাকে ঘিরে দাঁড়াও। একটা ছোট্ট মিটিং সেরে নিই – কুইক।

সবাই ওর সামনে এসে ওকে ঘিরে দাঁড়াল।

প্রীতম

প্রথমে আমি, হানিফ ও লিয়াঁকত, আমরা তিন জন নিচে নেমে গিয়ে সোজা চলে যাব টাওয়ারের কাছে। লিয়াঁকত উপরে উঠে সার্চ লাইটটি নিজের হাতে কব্জা করে, প্রথমে সার্চের আলো ফেলে আমাদের একবার দেখিয়ে দেবে। বন্দিগুহা, ব্যারাক, অস্ত্রাগার, গোডাউন ও অফিসারদের ঘর, অর্থাৎ মাঠের কোথায় কি আছে।

তারপর আমি আর হানিফ ফিরে আসব এখানে। লিয়াঁকত, তুমি তোমার মোবাইলটা ভাইব্রেট করে রাখ এখনই। এরপর যখনই তোমার মোবাইলটার কম্পন অনুভব করবে, তখনই মাঠের আশেপাশে আর একবার সার্চের আলোটা ফেলে দেখিয়ে দেবে। কি বল্‌লাম বুঝতে পেরেছো।

লিয়াঁকত

হাঁ, বুঝেছি।

ফরিদ খাঁ

আমাকে আপনাদের সঙ্গে যেতেই হবে। এ জায়গার কোথায় কি আছে সব আমার জানা।

প্রীতম

বেশ, তাই হবে।

এবার চড়াই পাথুরে পথে উঠতে লাগল ওরা। আবার সার্চের আলো। শুয়ে পড়ল সবাই। আলো সরে যেতেই আবার উঠে এগিয়ে চলল।

হঠাৎ থমকে দাঁড়াল প্রীতম! সামনেই আগুন জ্বেলে চারজন বসে। হাতে মদের বোতল, মাতলামি করতে করতে ইয়ারকি ফাজলামি মারছে। প্রীতম, ফরিদের হাত টেনে ধরলো – আর যেন কেউ না এগোয়। সে এগিয়ে গেল একা, অতি সন্তর্পনে। প্রায় পঁচিশ গজ দূরে একটি ঝোপের আড়ালে দাঁড়াল সে। হতের "SL-500" গানটি তুলে নিশানা করে ট্রিগার টিপতেই ২৫/৩০ রাউন্ড গুলি ছুটে গেল নিঃশব্দে। সঙ্গে সঙ্গে একটা চাপা আর্তনাদ করে লুটিয়ে পড়ল চার জঙ্গি। হানিফ ও লিয়াঁকত ক্ষিপ্র বেগে দৌড়ে গেল ঐ স্থানে এবং তাঁদের লাশগুলি টেনে টেনে নিয়ে গিয়ে ঝোপের আড়ালে লুকিয়ে রাখল।

এখান থেকেই ওরা নিচে নেমে যাবে – ডানদিকে।

প্রীতম

সিরাজ, তুমি সবাইকে নিয়ে এখানেই অপেক্ষা কর। একটু পরেই আমরা ফিরে আসছি।

লিয়াঁকত, হানিফ ও ফরিদকে নিয়ে প্রীতম অতি সন্তর্পনে নেমে গেল নিচে। এবং হামাগুড়ি দিয়ে পৌঁছে গেল টাওয়ারের তলায়। লিয়াঁকত সরু লোহার মই বেয়ে তরতরিয়ে উপরে উঠে, যে জঙ্গিটি সার্চ লাইট ঘোরাচ্ছিল – তাঁর পিছনে দাঁড়িয়ে সজোরে জাপটে ধরে, ছুরি টেনে দিল তাঁর কন্ঠনালীতে। নিঃশব্দে তাঁর ঘাড় ঝুলে পড়লে, লিয়াঁকত তাকে শুইয়ে রেখে সার্চ লাইট ধরল নিজের হাতে।

মাঠে সার্চ লাইটের আলো পড়তেই প্রীতম দেখল – ব্যারাকের দরজা খোলা। মাঠে বেঞ্চে বসে চার জঙ্গি। বন্দি গুহার ভিতরে ও বাইরে বাল্ব জ্বলছে। সেখানেও গুহার কাছাকাছি বসে চার জঙ্গি – তাস খেলছে। উত্তর-পূর্ব কোণে বড় বড় শাটার লাগানো একটি বড় গোডাউন। আরও উত্তরে অফিসারদের বড় দোতলা বাড়ি।

লিয়াঁকত সার্চের আলো সরিয়ে নিল দূরে। প্রীতম, হানিফ ও ফরিদকে নিয়ে ফিরে এলো আবার ঐ পাহাড়ের উপর।

প্রীতম

সিরাজ চলো । সব ঠিক আছে। Jangi Rat-এর থলেগুলো কোথায়?

সিরাজ

সব এখানেই ১০/১২ জনের হাতে ভাগ ভাগ করে রাখা আছে।

ওরা সবাই অতি সাবধানে ধীরে ধীরে নিচে নেমে এলো। প্রীতম, পিছনে হানিফের মাথায় হাত দিয়ে সকলকে বসে পড়তে ইঙ্গিত করল এবং নিজে উপুর হয়ে শুয়ে SL-500 গানটি তুলে এক রাউন্ড ফায়ার করতেই, নিঃশব্দে গুহার সামনের বাল্বটি ফেটে গেল। ঐ চার জঙ্গি – "যারা গুহার কাছাকাছি বসে তাস খেলছিল" তাঁরা ভাবল হয়ত বাল্বটি বার্স্ট করেছে। একজন উঠে গেল মোমবাতি আনতে। আর তখনি ফারহান, হামিদ ও ফরিদ সহ কয়েক জন ছোরা হাতে গুটি গুটি পায়ে ওদের কাছে পৌঁছে, আচমকা পিছন থেকে ঝাঁপিয়ে পড়ল ঐ তিন জঙ্গির উপর। সজোরে তাঁদের মুখ চেপে ধরে গলায় ছুরি টেনে দিল এবং পাশেই সরিয়ে নিয়ে গিয়ে মাটিতে মুখ ঠেসে চেপে ধরল। তাঁদের শরীর তিনটি মুন্ডু কাটা মুরগীর মত দাপাতে দাপাতে শেষে নিস্তেজ হয়ে গেল।

আর জঙ্গিদের ঐ জায়গায় বসে পড়ল সিরাজ, হানিফ ও নাজির। ঐ জঙ্গি মোমবাতি জ্বালিয়ে নিয়ে এসে যেই ওদের পাশে বসতে যাবে, অমনি পিছন থেকে আকবর তাঁর মুখ চেপে ধরে কন্ঠনালীতে ছুরি টেনে দিল। আর সিরাজও সামনে থেকে তাঁর পেটে ছুরি ঢুকিয়ে দিল সজোরে। তাঁর জামা-প্যান্ট সার্চ করে পাওয়া গেল গুহায় ঢোকার চাবি।

প্রীতম

এবার যাব ঐ ব্যারাকে। সাবধান! মাঠে বসে চার জঙ্গি। আগে ওদের Operation . আমার পিছনে চার জন করে দুই সারি, তাঁর পিছনে পাঁচ জন করে দুই সারিতে এগোবে।

প্রথমে কুঁজো হয়ে, পরে হামাগুড়ি দিয়ে, শেষে উপুর হয়ে শুয়ে পড়ে কনুইয়ে ভর দিয়ে এগোতে লাগল ওরা। তারপর মাঠে বেঞ্চ পেতে বসা ঐ চার জঙ্গির পিছনে পৌঁছে সন্তর্পনে উঠে দাঁড়াল সবাই। প্রীতম SL-500 গানটি টারগেট করে দাঁড়াল ব্যারাকের খোলা দরজার দিকে চোখ রেখে। হঠাৎ ওরা আট-দশজন ক্ষিপ্রবেগে ঝাঁপিয়ে পড়ল ঐ চার জঙ্গির উপর। মুখ চেপে ধরে ধস্তাধস্তি করতে করতে ছুরি টেনে দিল তাঁদের গলার নলিতে, বুকে, পেটে যে যেখানে পেরেছে।

এদের ফেলে রেখে এবার ওরা ঢুকল ব্যারাকে। মেশিন গান হাতে দুজন দাঁড়াল দরজার সামনে। অনেক বড় হলঘর। ঘরে আলো জ্বলছে। প্রায় একশরও বেশি আতঙ্কবাদি শুয়ে ঘুমুচ্ছে আলাদা আলাদা খাটিয়ায়। প্রথমে ঢুকল প্রীতম এবং ঢুকেই পজিশান নিয়ে দাঁড়াল একপাশে, SL-500 গানটির ট্রিগারে আঙুল রেখে।

এবার ঢুকল সিরাজ, হানিফ ও ফরিদ – হাতে ক্লোরোফর্ম স্প্রে সিলিন্ডার নিয়ে এবং সারা ঘরময় ক্লোরোফর্ম ছড়িয়ে দিতে লাগল ওরা।

আর এদের পিছনেই ঢুকল দশ-বারজন। প্রত্যেকের হাতেই Jangi Rat-এর থলে। তাঁরা ঐ ইঁদুরগুলোর পেটে হাত স্পর্শ করে এক-বাদ-এক খাটিয়ার নিচে একটি করে Jangi Rat রেখে যেতে লাগল। শেষে ঢুকল ছুরি হাতে সাত-আটজন। সহসা একজনের ঘুম ভেঙে গেল। সে আড়ামোড়া দিয়ে কম্বল সরিয়ে উঠে বসার আগেই - এরা দৌড়ে গিয়ে ঝাঁপিয়ে পড়ল তাঁর উপর। এবং মুখ চেপে জাপটে ধরে ধস্তাধস্তি করতে করতে কন্ঠনালী কেটে ফেল্‌ল তাঁর।

আর কয়েক মিনিটের মধ্যেই এই ঘরের অপারেশন শেষ করে, ওরা বাইরে চলে এলো দরজার শিকল টেনে দিয়ে। দৌড়ে গেল গোডাউনের কাছে। দেখল, উঁচু আর বিশাল বিশাল তিনটে শাটার। বড় বড় তালা ঝুলছে।

হানিফ একটা শাটারের তালাগুলিতে কি একটা তরল পদার্থ ঢেলে, জামা পেচিয়ে হাতুরির ঘা মেরে মেরে সবকটা তালাই খুলে ফেল্‌ল। হানিফ, সিরাজ ও ইসমাইল তিনটি বস্তা নিয়ে ভিতরে ঢুকে টর্চের আলো ফেলতেই তাজ্জব –

সিরাজ
হানিফ, কি দেখছ! না দেখলে বিশ্বাস করা কঠিন!

হানিফ
তাই তো ... কত ট্যাঙ্ক, কত সাঁজোয়া গাড়ি, মটর লঞ্চার। ঐ দেখ, অজস্র রকেট, কামানের শেল, AK- 47, উজি মেশিনগান।
ইসমাইল
ঐ দিকে দেখ সিরাজদা – ঐ দিকে, সীলকরা কত কাঠের বাক্স। কি আছে ওতে ...!

আর ভাবার দরকার নেই। ফটাফট বস্তার মুখ খুলে, সব কটা ট্যাঙ্কের ভিতর ঢুকিয়ে রাখলো কয়েকটি করে Jangi Rat এবং আশেপাশে আরও অনেক Jangi Rat ছড়িয়ে ছিটিয়ে রাখতে রাখতে, শেষে বাইরে এসে ওরা শাটার নামিয়ে দিল।

এবার ওরা দৌড়ে গেল অফিসার ও নেতাদের বিল্ডিং-এ। নিশ্চিন্তে ঘুমোচ্ছে সবাই। উপরে নিচে মিলে অনেক ঘর। সবকটা ঘরের জানালার কাচ কেটে ক্লোরোফরম স্প্রে করে, দুটি করে Jangi Rat ঢুকিয়ে দিয়ে ওরা চলে গেল ছাদে। সেখানেও থান কয়েক Jangi Rat ছড়িয়ে ছিটিয়ে রেখে দ্রুত নেমে এলো নিচে। তারপর তাঁরা দৌড়ে গেল বন্দি গুহার কাছে।

SL-500 মেশিনগানটি হাতে নিয়ে প্রীতম দাঁড়াল গুহার মুখে। ইসমাইল তালা খুলে দিতেই কয়েকজন ভিতরে ঢুকে গেল। ত্রিশ-বত্রিশটি ছেলে খালি মেঝেতে শুয়ে ঘুমোচ্ছে। মাথায় বালিশ নেই, ছেঁড়া ছেঁড়া কম্বল গায়ে – ঠান্ডায় কাঁপছে তাঁরা। ওরা সকলের গায়ের কম্বল সরিয়ে ঠেলে ঠেলে তুলে দিল তাঁদের।

লতিফ

শিগগির ওঠ সবাই। এক্ষুণি চলো।

এক বন্দি

এতরাতে আমরা কোথায় যাব?

সিরাজ

ইন্ডিয়াতে যাবে। আমরা ইন্ডিয়ান। চল-চল, আর দেরি নয়।

ওরা সবাই বন্দিদের আগলে নিয়ে বাইরে বেরিয়ে এলো। ইসমাইল গেটের পাশেই ভিতরে ডাঁই করে রাখা খালি বাক্সের মধ্যে গোটা দশেক Jangi Rat রেখে, বাইরে বেরিয়ে এসে গেটে তালা আটকালো। প্রীতম লিয়াঁকতের মোবাইলে কল্ টিপল, পর পর দুবার, কিন্তু কোন সাড়া পেল না।

প্রীতম

(তড়িঘড়ি ডাকল)

হানিফ, আকিব, লতিফ ও মজিদ। হানিফ ও আকিব তোমরা দুজন যাও লিয়াঁকতের কাছে – তাকে বলবে, সাইরেনের লাইনটা কেটে দিতে। আর লতিফ ও মজিদ, তোমরা দুজন যাও ইলেট্রিক মেইন লাইন কাটতে। ফরিদ, তুমিও এদের সঙ্গে যাও। কাজ হয়ে গেলে তুরন্ত চলে আসবে। যাও – জলদি।

সংগে সংগে দৌড়ে গিয়ে দুজন উঠল টাওয়ারের উপরে, আর দুজন লাইট পোষ্টে। মিনিট দশেকের মধ্যেই সাইরেন ও ইলেকট্রিক লাইন কেটে, ওরা ছ'জন একত্রে দৌড়ে ফিরে আসতে লাগল, কিন্তু হঠাৎ মাঠের মাঝামাঝি আসতেই - একটা ট্রাকের জোরালো আলো এসে পড়ল ওদের গায়ে। ট্রাকটি এগিয়ে আসছে ওদের দিকেই। ওরা পিছন ফিরে দ্রুত দৌড়ে টাওয়ারের নিচে টিবির আড়ালে লুকিয়ে পড়ল।

হানিফ

এখানে থাকা নিরাপদ নয়। চলো আমার সঙ্গে – জলদি।

ওরা টিবির ছায়াকে লক্ষ্য রেখে দ্রুত হামাগুড়ি দিয়ে পৌঁছে গেল অস্ত্রাগারে। ভিতরে ঢুকে ওরা শাটার নামিয়ে দিল। ট্রাকটি সরাসরি এসে থামল একেবারে টাওয়ারের গায়ে। সাত-আট জঙ্গি ট্রাক থেকে লাফিয়ে নামল।

তাঁদের হাতে AK- 47 ও মাথায় হেলমেট টর্চের আলো।

হানিফ
(মোবাইল টর্চ জ্বেলে)
আমরা ক'জন? আমরা ছ'জন তো। আর একজন কোথায়?

লতিফ
কে? ঐ বাচ্চা ছেলেটি?

লিয়াঁকত
ধরা পড়ে যায় নি তো?

লতিফ
আরে না-না। ও এই এলাকারই ছেলে। ও ঠিক পালিয়ে যেতে পারবে।

জঙ্গিরা সবাই খুঁজতে খুঁজতে টিবির পিছন দিকে চলে এলো এবং হেলমেট টর্চের আলোয় সার্চ করতে করতে ঐ শাটারের সামনে এসে দাঁড়াল। দেখল, শাটারের তালা ভাঙা। তুরন্ত শাটার তুলে ওরা ভিতরে ঢুকে পড়ল। ইলেকট্রিক স্যুইচ অন করতেই দেখল আলো জ্বলল না। পর পর সবকটা স্যুইচ অন করল – কিছুই হলো না। শেষে এমারজেন্সি স্যুইচ টপতেই দুটো আলো জ্বলল – টিমটিম করে। একটা সামনে ও একটা ভিতর দিকে।

কিফায়ত (জঙ্গি)
জরুর উনলোগ ইসমে ঘুসা হ্যায়। ঢুঢনা উসকো। ইশার, তুম শাটার কে পাস খড়া রহো।

ওরা ওদের হেলমেট টর্চের আলোয় হানিফদের খুঁজতে খুঁজতে ভিতরে ঢুকতে লাগল।

PRITAM & HIS SOME FRIENDS-BACK WITH PRISONERS- NIGHT 2:40.

প্রীতম ও সিরাজ ঐ ছ'জন বাদ দিয়ে দলের আর সবাই বন্দিদের আগলে নিয়ে, পাহাড়ের ঢাল পথে জঙ্গল ভেঙে দ্রুত নিচে নেমে আসতে লাগল। কখনো তাড়াতাড়ি পা চালিয়ে কখনো-বা দৌড়তে দৌড়তে। কিছুক্ষণের মধ্যেই ওরা নিচে নেমে এসে প্রথমে প্রীতম ও ইয়াসিন জঙ্গল থেকে বেরিয়ে রাস্তায় পা রাখতেই – এরাও আর এক ট্রাকের সম্মুখীন হলো। ট্রাকটি ব্রেক কষে দাঁড়িয়ে পড়বার আগেই, ওরা আবার জঙ্গলে ঢুকে একসাথে জড়ো হলো সবাই।

প্রীতম (আদেশ করল)
ইকবাল ও এনায়ত, এখনি তোমরা উদ্ধার করা ছেলেদেরকে নিয়ে ওপাশের জঙ্গলে চলে যাও। হামিদ, আকবর ও জামিল, তোমরা তিনজন দুজন করে সঙ্গী নিয়ে তিন দলে ভাগ হয়ে 2+1 এই ফর্মুলায় Attack করবে। বাকি যারা আছ, আমার সঙ্গে থাকো।

ফারহান ও হায়দার, প্রীতমের সঙ্গে দৌড়ে গিয়ে রাস্তার ধারে একটা বড় গাছের আড়ালে দাঁড়াল। ট্রাক থেকে লাফিয়ে নামল দশ জঙ্গি এবং ট্রাকের মুখে আলোর সামনে এসে দাঁড়াল।

রিয়াজ খান
তুম লোগ কৌন হো? জান প্যারি হ্যায় তো বাহর নিকলো। নহী তো ছলনী কর দিয়ে জাওগে। কৌন হো তুম?

"ঠর-র-র-র-র-র-র-র-র-র"। কয়েক রাউন্ড গুলি ছুটে গেল প্রীতমের SL-500 গানটি থেকে। মুহূর্তে তিন জঙ্গি লুটিয়ে পড়ল রাস্তার উপর। বাকি সাত জঙ্গি "ছ-ড়-ড়-ড়-ড়-ড়-ড়-ড়-ড়-ড়"একনাগাড়ে গুলি ছুড়তে ছুড়তে জঙ্গলে ঢুকে পড়ল।

হামিদ, আকবর ও জামিল, এরা নিজ নিজ টিম নিয়ে মোট ৯ জন দৌড়ে গেল আরও গভীর জঙ্গলের দিকে। আর এদের পায়ের শব্দের পিছন পিছন ছুটতে লাগল ঐ সাত জঙ্গিও। আর ঐ জঙ্গিদের পিছন পিছন ছুটল সিরাজ, ইসমাইল ও প্রীতম সহ আরও বেশ কয়েকজন।
সহসা নিস্তব্ধ। পায়ের শব্দ কোথায় মিলিয়ে গেল। এক জঙ্গি কিছুটা পিছনে

পড়ে গিয়ে একা হয়ে গিয়েছিল – সে একাই দাঁড়িয়ে রইল। কিছুক্ষণ নিশ্চল দাঁড়িয়ে থেকে কোন পক্ষের কোন সাড়াশব্দ না পেয়ে সে সন্তর্পনে, অন্ধকারের মধ্যে হাতড়ে হাতড়ে গিয়ে একটা বড় গাছের গায়ে পিঠ সাঁটিয়ে দাঁড়াল। সেই গাছের পাশেই দাঁড়িয়ে ছিল সিরাজ। সে ছুরি হাতে বসে পড়ল এবং সজোরে তাঁর পেটে ছুরিটা আমূল বিদ্ধ করেই পাক খেয়ে সরে গিয়ে উঠে দাঁড়াল – আর এক গাছের পিছনে। ঐ অবস্থাতেও জঙ্গিটি এলোপাথারি অজস্র গুলি ছুড়ল। শেষে AK-47 গানটি ফেলে দিয়ে পেটে হাত চেপে চিৎকার করে শুয়ে পড়ল।

বাকি ছয় জঙ্গি, সঙ্গীর চিৎকার শুনে সহসা থমকে দাঁড়াল এবং পিছন ফিরে দৌড়ে আসতে যাবে, তখনই তিন গ্রুপের ৩ জন লিডার - হামিদ, আকবর ও জামিল তাঁদের প্রায় কাছ ঘেঁষে আচমকা ছুটে গেল তিন জন – তিন দিকে। সঙ্গে সঙ্গে ঐ জঙ্গিরা তাঁদের মত পরিবর্তন করে ২ জন করে ছুটে গেল ঐ তিনজনের দিকে গুলি ছুড়তে ছুড়তে। আর ঐ জঙ্গিদের পশ্চাতে ছুটল প্রতি গ্রুপের ২ জন করে মোট ৬ জন।

হারিয়ে ফেল্‌ল জঙ্গিরা নিজেদের সংঘবদ্ধতা। ঘন নিশ্ছিদ্র অন্ধকার। তবু চেষ্টার কোন ত্রুটি নেই। একটু পাতার খচখচ আওয়াজ বা বন্য প্রাণীর দৌড়ে যাওয়ার সামান্যতম শব্দতেও তাঁরা গুলির ঝড় তুলে দিচ্ছে। কিন্তু বার বার নিস্ফল – হতাশা। আহত বা নিহত হওয়ার কোন আওয়াজই নেই।

ঈশাক খান (মনে মনে)

এ লোগ সব গয়ে কহা।

কিন্তু মিশনের সদস্যরা যেন নট নড়নচড়ন। প্রত্যেকে স্ট্যাচু হয়ে দাঁড়িয়ে ওৎ পেতে রয়েছে। শুধু সুযোগের অপেক্ষায়। অবশেষে জঙ্গিরা খুঁজতে খুঁজতে একটু পরে নিজেদেরই দু'জন করে তিনটি দল, একে অপরের কাছাকাছি চলে এলো। সহসা, শুধু মাত্র পায়ের শব্দটুকু শুনেই নিজেদেরকেই শত্রুপক্ষ ভেবে – নিজেদের মধ্যেই তুমুল গুলিবৃষ্টি শুরু করে দিল। যেন ঝড় বয়ে যাচ্ছে। গাছের ডাল-পালা সব ভেঙে ভেঙে পড়তে লাগল। ঝোপঝাড় তছনছ। বন্য প্রাণীরা সব ঊর্ধ্বশ্বাসে পালাচ্ছে। রণে ভঙ্গ দিয়ে এক জঙ্গি দৌড়ে পালিয়ে গিয়ে একটা গাছের আড়ালে লুকিয়ে পড়ল।

একটু পরেই সব স্তব্ধ। টু শব্দটি পর্যন্ত নেই। পাঁচ জঙ্গিই Dead. কারা মারল? আর কাদের সঙ্গেই বা লড়াই হলো? কিছুই বুঝতে পারছিল না ঐ জঙ্গিটি। শুধু নিজের নিঃশ্বাস প্রশ্বাসের শব্দ ছাড়া আর কিছুই শুনতে পাচ্ছেনা সে। এখন সে পালিয়ে যেতে পারলে বাঁচে। একপা - দুপা করে এগিয়ে গিয়ে, যেই ছুটে দৌড়তে গেল অমনি ইসমাইল হুঙ্কার ছাড়ল –

ইসমাইল
এ কহা ভাগ রহে হো।

দাঁড়িয়ে পড়ল সে। বুঝে উঠতে পারল না আওয়াজটা কোন দিক থেকে এলো। সামনের ডানদিকে দু'পা এগিয়ে এসে, একটা গাছের গুঁড়িতে হেলান দিয়ে দাঁড়াল সে।

হামিদ
ম্যায় এহা হূ। তুমহারে বরাবর।

আকবর
ম্যায় ইধর হূ।

সিরাজ
ম্যায় ইধর হূ।

জামিল
ম্যায় ভী ইধর হূ।

ইসমাইল
ম্যায় তুমহারা সামনে খড়া হূ।

তুরন্ত সে AK-47 থেকে অজস্র গুলির বন্যা বইয়ে দিতে লাগল – চতুর্দিকে। ঐ গাছের উপরেই প্রীতম বসেছিল ছুরি হাতে। সে গাছের ডালে পা আটকে মাথাটা নিচের দিকে ঝুলিয়ে এনে, চকিতে তাঁর গলায় ছুরি টেনে দিয়েই ধাক্কা মেরে ফেলে দিল তাকে এবং নিজেও লাফিয়ে পড়ে ছুটে গিয়ে শুয়ে পড়ল

পাশের ঝোপটায়। ঐ গলা কাটা অবস্থায়ও ছটফট করতে করতে কয়েক রাউন্ড গুলি ছুড়ল সে। এরপর সব নিস্তব্ধ। মারা গেল জঙ্গিটি।

ওরা সবাই আবার একত্র হয়ে দলবেধে জঙ্গল থেকে বেরিয়ে রাস্তায় নামতেই, ট্রাক ড্রাইভার লাফিয়ে পড়ে দৌড়তে লাগল। সংগে সংগে ফায়ার করল প্রীতম এবং পড়ে গিয়ে ছটফট করতে করতে শেষে প্রাণ ত্যাগ করলো সে।

ইসমাইল দৌড়ে গিয়ে জঙ্গিদের ট্রাকে উঠে, ড্রাইভারের সীটে বসে গাড়ি স্টার্ট দিল। ইকবাল ও এনায়ত ৩২ জন বন্দিমুক্ত ছেলেদের নিয়ে ঝপাঝপ উঠে বসল এই ট্রাকে। আর সব সদস্যদের সঙ্গে নিয়ে প্রীতম ও সিরাজ, দৌড়তে লাগল ঐ জঙ্গলের দিকে – যেখানে রুস্তমের ট্রাক দাঁড়িয়ে আছে।

INTERIOR – MOHAJIR SIBIR GODOWN – NIGHT 3:10

অনেক খোঁজাখুঁজির পর জঙ্গিরা শেষে তিন জনকে পাকড়াও করল। দুই জঙ্গি বেয়নেটের খোঁচা মারতে মারতে তাঁদের সামনের দিকে নিয়ে এসে, দু-হাত দুই দিকে টেনে চেন দিয়ে বাঁধল। আরও ভিতরে ঢুকে জঙ্গিরা তাঁদের হেড টর্চের আলোয় হানিফ ও লতিফকে দেখতে পেয়ে, তাঁরা এপাশ-ওপাশ করে লাফিয়ে ছুটে গিয়ে ওদের ঘিরে ফেলে পুঙ্খানুপুঙ্খ খুঁজতে লাগল। শেষে এক যুদ্ধ ট্যাংকের পিছন থেকে লতিফকে মেশিনগানের বেয়নেটে আমূল বিদ্ধ করে, তুলে নিয়ে গিয়ে আকিব, মজিদ ও লিয়াঁকতের সামনে মেশিনগানটি দাঁড় করিয়ে রাখল। লতিফের পেট থেকে গলগল করে রক্ত অনর্গল বন্দুকের গা-বেয়ে গড়িয়ে পড়তে লাগল।

লতিফ
(শেষ নিঃশ্বাস ছাড়তে ছাড়তে)
জয় ভারত মাতা! জয় ভারত মাতা! জয় ভারত ...

আকিব, মজিদ ও লিয়াঁকত
(একসাথে বল্‌ল)
জয় ভারত মাতা! জয় ভারত মাতা! জয় ভারত মাতা!

সংগে সংগে তিন জঙ্গি মনসূর, বাসেল ও কাইসর ছুটে এসে চপার তুলে দাঁড়াল ওদের তিন জনের সামনে।

মনসূর
চিল্লাও। তুম চিল্লাও। জীতনা হী তেরা গলে কা নালী মে দম হ্যায় – চিল্লাও।

আকিব, মজিদ ও লিয়াঁকত
(একসাথে বল্‌ল)
জয় ভারত মাতা! জয় ভারত মাতা! জয় ভারত মাতা!

বাসেল
অউর জোর সে।

আকিব, মজিদ ও লিয়াঁকত
(একসাথে বল্‌ল)
জয় ভারত মাতা! জয় ভারত মাতা! জয় ভারত মাতা!

কাইসর
অরে তেরা গলে কা নালী মে দম কহা মর গয়ী? অউর জোর সে চিল্লা –

আকিব, মজিদ ও লিয়াঁকত
(একসাথে বল্‌ল)
জয় ভারত মাতা! জয় ভারত মাতা! জয় ভারত মাতা!

সংগে সংগে তিন জঙ্গি ওদের গলায় চপার চালিয়ে দিতেই, ধড় থেকে মুন্ডুগুলো ছিটকে মাটিতে পড়ল এবং বড় বড় চোখে তাকিয়ে রইল ঐ তিন জল্লাদ জঙ্গিদের মুখপানে।

কাইসর
অউর এক ভী হ্যায়। ঢুডো উসকো। চলো সভী –
সবাই ভিতরে ঢুকে গেল হানিফকে খুঁজতে। কিন্তু ইত্যবসরে হানিফ ততক্ষণে

অতি সন্তর্পনে হামাগুড়ি দিয়ে, শাটারের কাছাকাছি এসে – একটি বড় বাক্সের পিছনে বসেছিল।

ইশার, খোলা শাটারের এপাশ-ওপাশ পায়চারি করতে করতে হাতে খৈনী ডলতে লাগল। হানিফ সুযোগ বুঝে আলতো পায়ে আর একধাপ এগিয়ে এসে দরজার মুখে রাখা অপর এক বাক্সের পিছনে বসে পড়ল। সহসা ইশার দাঁড়িয়ে পড়ে খৈনী ঝাড়তে লাগল। এই সুযোগে হানিফ ছুরি হাতে পা টিপে টিপে তাঁর পিছনে গিয়ে দাঁড়াল। সে যেই হাঁ করে খৈনীটা মুখে পুরতে গেল, অমনি হানিফ তাঁর গলায় ছুরি ডাঁবিয়ে টেনে দিয়েই ধাক্কা মেরে তাকে ফেলে দিয়ে দৌড়ে পালিয়ে গেল বাইরে।

ট্রাকের আলোয় হানিফকে দৌড়ে আসতে দেখে – ফরিদ টাওয়ারের নিচের ঐ টিবির গর্ত থেকে বেরিয়ে এসে হানিফের সঙ্গে যোগ দিল এবং প্রাণপন দৌড়ে ঐ পাহাড়ের সুরঙ্গ দিয়ে ছুটতে লাগল।

EXTERIOR – PAK. TO INDIA BY TRUCK – NIGHT 3:25

ট্রাক দুটো ভর্তি হয়ে ছাড়ার অপেক্ষায়। প্রীতম নিচে দাঁড়িয়ে দূরে ঐ রাস্তার পানে ঘন ঘন দৃষ্টি ফেলতে লাগল, ঐ ছয় জনের ফিরে আসার প্রতিক্ষায়। সব থেকে বেশি দুশ্চিন্তায় পড়ল ফরিদ খাঁ-কে নিয়ে।

প্রীতম (ভাবছে)

যদি ফরিদ ফিরে না আসে, কি জবাব দেবে সে তাঁর মাকে? গাড়িতেই বসে রয়েছে ওর মা। তাঁর কোলে মাথা রেখে পরম আদরে ঘুমোচ্ছে ওরই প্রিয়া। অথচ তাঁর ছেলে ফরিদ ...

প্রীতম ঘড়ি দেখল ৩-২৮। দ্রুত সে গাড়িতে উঠে ল্যাপটপে Message পাঠালো কম্পিউটার হাউসে।

প্রীতম (MSG)

Hello Rathor Saheb, আমাদের Operation Complete. O.K. 3:30

রাঠোর সাহেব (MSG)

O.K. Pritam – 3:30

প্রীতম আবার ট্রাক থেকে লাফিয়ে নামল। ওর নাভিশ্বাস উঠে যাচ্ছে – ওদের ছ'জনের ফিরে না আসাটা ... বিশেষ করে ফরিদের জন্য। প্রীতম আবার ঘড়ি দেখল, 03:29:30. একরাশ দুশ্চিন্তা মাথায় নিয়ে ড্রাইভারের কামরায় উঠে বসল সে।

প্রীতম
(ভারাক্রান্ত কণ্ঠে বল্‌ল)
গাড়ি ছেড়ে দাও।

ট্রাক দুটি জঙ্গল থেকে বেরিয়ে বাঁ-দিকে টার্ন নিয়ে উড়ি সীমান্তের পথ ধরে ছুটতে লাগল শাঁ-শাঁ করে। পিছনে ইসমাইলের ট্রাক। সহসা দুমদুম ভয়ংকর বিস্ফোড়ণের বিকট শব্দে আগুনের ঝড় তোলপাড় করে, পৃথিবীকে ধাক্কা মারতে মারতে Jangi Rat-গুলো ফাটতে শুরু করলো। মুহূর্তে মোহাজীর শিবিরের এলাকাটি যেন বিশাল এক অগ্নিকুন্ডে পরিনত হলো। মাঝেমাঝে বড় বড় আগুনের গোলা ছিটকে শূণ্যে উঠে – উড়ে গিয়ে পড়ছে এদিকে-সেদিকে। আকাশে আগুনের রক্তিম আভা ছড়িয়ে পড়ল।

প্রীতম জানালা দিয়ে মুখ বার করে তাকাতেই সেই রক্তিম আলোয় দেখল, কারা যেন দৌড়ে আসছে এদিকে ।

প্রীতম (জোরে বল্‌ল)
রুস্তম গাড়ি থামাও।

গাড়ি থামতেই প্রীতম লাফ দিয়ে নেমে দৌড়ে গেল পিছন দিকে। সংগে সংগে পিছনের গাড়ি থেকে সিরাজ,আকবর ও হামিদ লাফিয়ে পড়ে দৌড়ে গেল প্রীতমের পশ্চাতে। দেখল – হানিফ ও ফরিদ ঊর্ধ্বশ্বাসে ছুটে আসছে এবং কাছে এসে হাঁপাতে হাঁপাতে মাটিতে লুটিয়ে পড়ল। মুহূর্তে সবাই মিলে ওদের ধরে তুলে এনে ট্রাকের ভিতর শুইয়ে দিল।

গাড়ি ছেড়ে দিল আবার।

সহসা একটা আগুনের গোলা ইসমাইলের ট্রাক ঘেঁষে ডানদিকে পড়তেই – তার স্টিয়ারিং দুলে উঠে, গাড়িটা টালমাটাল হয়ে উলটে পড়তে পড়তে বেঁচে গেল। দপ্ করে আগুন ছড়িয়ে পড়ল পাশের বনাঞ্চলগুলোতেও। গাছপালাগুলো সব একের পর এক গ্রাস হয়ে চলেছে – দামাল আগুনের আক্রোশে। বন্যপ্রাণীরা আতঙ্কে ঊর্ধ্বশ্বাসে দৌড়ে পালাচ্ছে দিশাহীন।

ঠিক এই রকমই আরও ১১টি বিস্ফোড়ণ হয় ঐ একই সময়ে। ওয়াজিরিস্তান, রাজাবাজার, সাতঘাঁটি, মুরিদকে, বিম্বার, চেলাবন্দী, ভিভের প্রভৃতি স্থানে।

বিস্ফোড়ণের মাত্রা এতটাই ভারী ছিল যে, ভূমি কাঁপানো ভয়ংকর শব্দে দেশের প্রায় অর্ধেকেরও বেশি মানুষের ঘুম ভেঙে গেল। তাঁরা দেখল শুধু আকাশ লালে লাল।
রাস্তায়-রাস্তায়, মোড়ে-মোড়ে মানুষের জটলা। প্রশ্ন উঠেছে – ভূমিকম্প, অগ্ন্যুৎপাত না-কি পরমাণু বিস্ফোড়ণ?

সবচেয়ে বেশি ক্ষতি হয় রাজা বাজারের ঐ দোকানের। বিল্ডিং বলতে কিছুই আর অবশিষ্ট নেই। ছাদ উড়ে গিয়ে দেয়াল ভেঙে ধূলিসাৎ। আশ-পাশের দোকানগুলিরও সেই একই অবস্থা – সব পুড়ে ছাই।

ভোর ৫টা। অবশেষে অনেক ঝড়-ঝাপটা ও আতঙ্কের মধ্য দিয়ে ওদের ট্রাক এসে থামল উড়ি সীমান্তের গায়ে এক জঙ্গলে।

প্রীতম

তুমি কি করবে রুস্তম? আমাদের সঙ্গে যাবে না ফিরে যাবে?

রুস্তম

আমি তোমার লগে যামু। ফিরা গেলে আমারে জ্যান্ত কবর দিব।

প্রীতম

বেশ চলো । আমার সঙ্গে আমাদের বাড়িতেই তুমি থাকবে।

CROSS THE BORDER – PAKISTAN TO INDIA – 5:00 a.m.

গাড়ি থেকে নেমেই সবাই ছুটতে লাগল - জঙ্গল পেরিয়ে কাটা তারের বেড়ার

ফাঁক গলে ভারতের মাটিতে পা রাখতে।

সিরাজ, প্রিয়া ও ফরিদের মাকে, দু-পাশে দু'জনকে ধরে নিয়ে এগোতে লাগল। ইকবাল ও এনায়ত এগোতে লাগল ঐ বত্রিশ জন বন্দিমুক্ত কিশোরকে সঙ্গে নিয়ে। প্রীতম ও রুস্তম বর্ডার পার হয়ে এপারে এলো সবার শেষে। অন্যান্য স্পটের ছেলেরা আগেই ফিরে এসে দলবেধে এক জায়গায় বসে বিশ্রাম নিচ্ছিল। প্রীতম তাঁদের কাছে গিয়ে সকলের সাথে হাত মিলিয়ে ধন্যবাদ জ্ঞাপন করল।

অনেক ট্রাক, এম্বুলেন্স ও জীপ দাঁড়িয়ে। শত-শত পুলিশ, মিলিটারি ও সাংবাদিকে ছয়লাপ। পাহাড়ের উপর থেকে নিচ পর্যন্ত প্রায় হাজার-হাজার মানুষের ঢল।

আল্লার ধ্বনি ও তাসা বাজনার আওয়াজে আকাশ মুখরিত। কেউ কেউ বসে পড়েছে আল্লার আজান দিতে ও আল্লাকে ধন্যবাদ জানাতে। আল্লা যেন ঐ মিশনের ছেলেদের কোটি কোটি আশির্বাদ করেন।

মোহাজীর শিবিরের বন্দি-গুহা থেকে মুক্ত করে আনা ঐ ছেলেদের ঘিরে ক্রমশঃ মানুষের ভিড় বাড়তে লাগল। থানার ও.সি. সাহেব ঐ ভিড়ের মধ্যে ঢুকে ঠেলাঠেলি করে অনেক কষ্টে ঐ ছেলেদের সামনে গিয়ে দাঁড়াল এবং জনতাকে লক্ষ্য করে বল্‌ল –

ও.সি. সাহেব

আমি এখন এদের থানায় নিয়ে যাব। থাকবে অতিথি হিসাবে। এদের অভিভাবকরা থানায় এসে সঠিক প্রমাণপত্র দাখিল করলেই, আমি প্রত্যেকের হাতে তাঁর নিজ নিজ ছেলেকে তুলে দেব। ধন্যবাদ।

প্রীতম জোড়হাতে ঘুরে ঘুরে সকল জনতাকে অভিনন্দন পূর্বক নমস্কার জানাল। কাছেই দাঁড়িয়ে ছিল কর্নেল সাহেব ও প্রতিরক্ষা মন্ত্রী। প্রীতম তাঁদের কাছে গিয়ে স্যালুট জানাল।

প্রীতম

অনেক অনেক ধন্যবাদ স্যার আপনাদের। আপনাদের সহযোগিতা না পেলে,

আমাদের স্বপ্ন – স্বপ্নই থেকে যেত। আমি এবং আমার হম এক মিশনের সকল সদস্যরা অত্যন্ত কৃতজ্ঞ আপনাদের কাছে।

প্রতিরক্ষা মন্ত্রী

আমিও তোমার কাছে যারপরনাই কৃতজ্ঞ। সেদিন – সেই ১৪ই আগষ্টের রাতে হাসান মোল্লার বাড়িতে যদি তোমরা তাঁদের না মারতে, তবে নিশ্চিত – ১৫ই আগষ্ট রাতে ওরা আমার বাড়িতে বিস্ফোড়ন ঘটাতই। কোথায় থাকতাম আজ আমি? কোথায় দেখতাম জয় করে ফিরে আসা আমার "গোল্ডেন বয়"কে।

বলতে বলতে তাঁর দু'চোখের কোণে জল চলে এলো। কন্ঠস্বর রুদ্ধ হয়ে গেল। প্রীতমকে জড়িয়ে ধরলেন তিনি নিজের বুকে – কিছুক্ষণ। অতঃপর প্রীতমের হাতে একটি চিঠি দিয়ে বললেন –

প্রতিরক্ষা মন্ত্রী

আগামী ২৬শে জানুয়ারী, প্রজাতন্ত্র দিবসে রাষ্ট্রপতি ভবনে তোমাদের দলের সকলকে সংবর্ধনা জানানো হবে। তোমরা অতি অবশ্যই সেখানে উপস্থিত থাকবে।

প্রীতম

আপনাদের এই আমন্ত্রন পত্র আমরা সাদরে গ্রহণ করলাম।

প্রতিরক্ষা মন্ত্রী

আর এই খামটি ধরো।

প্রীতম

না স্যার, ক্ষমা করবেন। ঐ চেক আমি আর নিতে পারব না। আমরা যা করেছি – দেশের জনগনের জন্য করেছি, ভারত মাতার জন্য করেছি। আমরা ভারত মায়ের সন্তান। আমাদের এই পরিচয়টা রাখতে দিন।

জনতা

(মুহুর্মুহু স্লোগান তুললো)

"গোল্ডেন বয়/ জিন্দাবাদ, ডায়মন্ড বয় / জিন্দাবাদ ... ...

এর সাথে সাথে রাশি রাশি ফুল উড়ে এসে পড়তে লাগল ওদের গায়ে এবং আকাশে বাতাসে গুঞ্জরিত হতে লাগল "হম এক" কোরাসের বীজ মন্ত্রটি।

"হম্ এক, হম্ এক, হম্ এক -
হম্ এক, হম্ এক, হম্ এক"।

চতুর্দিক থেকে ঘন ঘন ফ্লাশ ক্যামেরার আলো ওদের মুখে ঝিলিমিলি খেলছে। অজস্র হাওয়াই আর আতশ বাজির আলোয় কাশ্মীরের আকাশ যেন নানা রঙের খেলায় মেতে উঠল।

সারা কাশ্মীরবাসী আকাশের দিকে তাকিয়ে থাকতে থাকতে আনন্দ আর খুশির জোয়ারে ভেসে যেতে লাগল।

২৬শে জানুয়ারী –রাষ্ট্রপতি ভবন - বিকেল ৫টা।

রাষ্ট্রপতি ভবনের বড় হলঘরে আসন অলংকৃত করে বসে, বিভিন্ন মন্ত্রীবর্গ ও "হম এক" মিশনের সকল সদস্যরা। চতুর্দিকে কমান্ডো গার্ড।

একেবারে সামনের সারিতে রয়েছে – প্রীতম ও তাঁর চার বন্ধু ও মা সবিতা দেবী এবং লায়লা ও তাঁর মা ও ভাই। দ্বিতীয় সারি থেকে প্রফেসর রাঠোর সাহেব সহ পর পর সবাই।

মঞ্চে দাঁড়িয়ে – রাষ্ট্রপতি, প্রধান মন্ত্রী, প্রতিরক্ষা মন্ত্রী ও কর্নেল সাহেব।

অনুষ্ঠানের শুরুতেই যে চারজন সদস্যকে জঙ্গিরা নৃশংসভাবে হত্যা করেছিল, তাদের ফটোতে প্রথমে মাল্যদান করে ও পরে তাদের আত্মার শান্তি কামনায় এক মিনিট নিরবতা পালন করলো সবাই।

এরপর সদস্যরা একে একে মঞ্চে আসছে আর ওদের হাতে রাষ্ট্রপতি তুলে দিচ্ছেন – উগ্রপন্থীদের হাতে যেসব পুলিশ, মিলিটারিরা শহিদ হয়েছেন, সেই সব শহিদদের একটি করে "ব্রোঞ্জ মূর্তি"। প্রধান মন্ত্রী দিচ্ছেন সোনার "বীর পদক"- আর প্রতিরক্ষা মন্ত্রী "সাহসিকতা ও যুদ্ধজয়ী'র সার্টিফিকেট"।

ভিন্ন ভিন্ন সংবাদ চ্যানেলে সরাসরি সম্প্রচারের ব্যবস্থাও করা হয়েছে এখান

থেকে। বড় বড় শহরের ফুটবল ময়দানে বা পার্কে, বড় বড় স্ক্রীনে এই অনুষ্ঠান দেখানোরও মহা আয়োজন করা হয়েছে। সেই সব স্থানগুলিতেও অজস্র মানুষের ভিড়।

প্রতিরক্ষা মন্ত্রী মাউথ স্পীকারের সামনে দাঁড়িয়ে, কর্নেল সাহেবকে কিছু ইশারা করে, পরে বল্লেন –

প্রতিরক্ষা মন্ত্রী

আমি দেশের সকল ভারতবাসীকে জানাচ্ছি যে – যাকে আপনারা দেখবার জন্য এতদিন প্রতীক্ষার দিন গুনেছেন, প্রতিদিন কত কত চিঠি পাঠিয়েছেন, সেই প্রীতম – "হম্ এক" মিশনের কর্নধার, যার নাম আমি রেখেছি – "কাশ্মীরের ডায়মন্ড বয়" আর "ইন্ডিয়ান গোল্ডেন বয়"। তিনি আপনাদের সামনে আসছেন।

কর্নেল সাহেব, প্রীতম ও তাঁর মাকে নিয়ে মঞ্চে উঠলেন। ওরা জোড়হাতে মন্ত্রীদের নমস্কার করলে, তাঁরাও প্রতি নমস্কার জানাল ওদের।

রাষ্ট্রপতি, সবিতা দেবীর গায়ে শাল জড়িয়ে দিয়ে একটি ফুলের তোড়া হাতে দিলেন। প্রীতমের হাতে তাঁরা একে একে তুলে দিলেন – এক শহিদ কমান্ডোর ব্রোঞ্জ মূর্তি, বীর পদক ও ইন্ডিয়ান গোল্ডেন বয় সার্টিফিকেট।

প্রীতম তাঁদের নমস্কার জানিয়ে মায়ের পা ছুঁয়ে প্রণাম করল এবং তাঁর হাতে এই মূর্তি, পদক ও সার্টিফিকেটটি তুলে দিয়ে বল্লেন –

প্রীতম

এ সম্মান আমি আমার মাকে উৎসর্গ করলাম।

রাষ্ট্রপতি ওর মায়ের হাত ধরে অনুরোধ করলেন –

রাষ্ট্রপতি

আপনি কিছু বলুন মা –

সবিতা দেবী (মাউথ

স্পীকারের সামনে এসে দাঁড়াল)
আজ আমার এত আনন্দ হচ্ছে ... এত বড় সম্মান, আমি আমার ভারত বর্ষের প্রতিটি মায়ের সঙ্গে ভাগ করে নিলাম।

বলতে বলতে তাঁর কন্ঠ রোধ হয়ে, দু-চোখে আনন্দাশ্রু এসে ভরে গেল। প্রধান মন্ত্রী তাকে ধরে নিয়ে গিয়ে নিজের চেয়ারে বসিয়ে দিলেন।

প্রধান মন্ত্রী
এবার হম্ এক মিশনের কর্নধার, ইন্ডিয়ান গোল্ডেন বয়কে কিছু বলতে অনুরোধ করা হচ্ছে।

প্রীতম
(মাউথ স্পীকারের সামনে দাঁড়িয়ে)
মঞ্চে উপস্থিত – শ্রদ্ধেয় রাষ্ট্রপতি, প্রধান মন্ত্রী, প্রতিরক্ষা মন্ত্রী ও কর্নেল সাহেব; সামনে বসা মন্ত্রীবর্গ ও আমার মিশনের সকল সদস্য এবং দেশের সমস্ত জনগনকে জানাই আমার অকুন্ঠ শ্রদ্ধা, ভালোবাসা ও প্রণাম।

যে জয়ের জন্য আজ আমাদের এত বড় সংবর্ধনা ও সম্মান প্রদর্শন, তার জন্য আমি কৃতজ্ঞ আমার সদস্যদের প্রতি। কৃতজ্ঞ কাশ্মীরের মুখ্যমন্ত্রী ও জনগনের প্রতিও। আর কৃতজ্ঞ, কুমার শাঁ সহ বড় ছোট ব্যবসায়ীদের কাছেও, যারা আমাদের অর্থ দিয়ে সাহায্য করেছেন।

আরও অনেক বেশি কৃতজ্ঞ আমাদের প্রতিরক্ষা মন্ত্রী, কর্নেল সাহেব, প্রফেসর রাঠোর সাহেব ও প্রফেসর গজেন্দ্র সিং আর প্রাক্তন তিন ইঞ্জিনিয়ারের প্রতিও।

"হম্ এক" এ কথার অর্থ – একটা পৃথিবীর সকল মানুষের একটাই পরিচয় "হম এক"। ভিন্ন ভিন্ন আকারের পাত্রের সংখ্যা যতই হোক, তার মধ্যেকার জল যেমন সব এক – তেমনি ভিন্ন ভিন্ন মানুষের জাতি, ধর্ম, দেশ, কাল, পাত্র যাহাই হোক তাঁদের শরীরের কার্য, কারন ও ক্ষমতার উৎসও এক। আর এ-ও সবাই জানে যে, সকলের উন্নতি হলে সেই সংগে আমারও উন্নতি হবে – এটা একেবারে নিশ্চিত। তাই উন্নত দেশগুলির উচিৎ - আগ্রাসন নীতি পরিহার করে অনুন্নত এলাকা ও পিছিয়ে পড়া দেশগুলির পাশে

নিঃস্বার্থরূপে দাঁড়ানো। এটাই "হম্ এক" এর মূলমন্ত্র।

"হম সব এক হ্যায়"

জয় হিন্দ -

www.ingramcontent.com/pod-product-compliance
Lightning Source LLC
LaVergne TN
LVHW040436051026
849517LV00002B/629
* 9 7 9 8 8 8 5 3 0 9 2 8 8 *